ELDEN RING
OFFICIAL ART BOOK

Volume II

ELDEN RING OFFICIAL ART BOOK
Volume II

CONTENTS

322   제6장   인벤토리／Inventory: Item Icons and Others

이 책은 2022년 2월 25일 발매된 액션 RPG, 『엘든 링』 제작 시에 그려진 방대한 이미지 보드, 설정화 등을 정리 및 수집할 목적으로 주식회사 프롬 소프트웨어의 협조를 받아 편집되었다. 800점을 넘는 원화를 수록하기 위해 Volume Ⅰ, Volume Ⅱ의 두 권으로 구성했으며, Volume Ⅰ에는 프로모션 아트, 세계의 배경 이미지 보드, 등장 캐릭터 관련 원고를 수록했고 Volume Ⅱ에는 적, 무기의 콘셉트 아트 및 아이템, 룬, 트로피 등의 디자인을 집대성했다.

제 4 장
대적자

Adversary: Bosses and Enemies

제4장 제1절
보스

◆접목의 고드릭

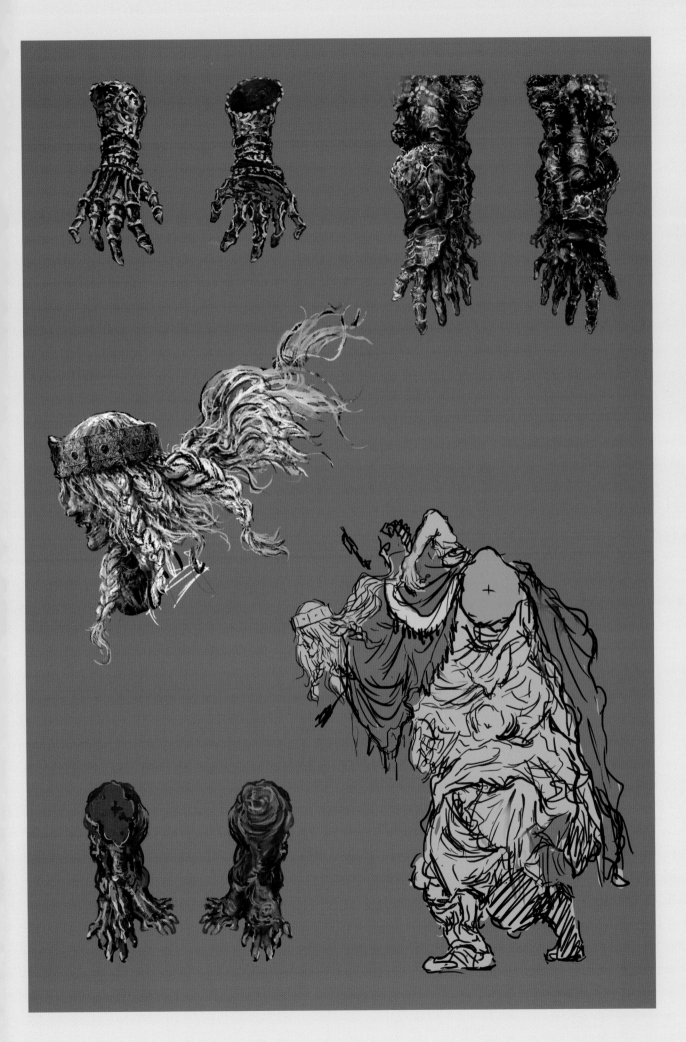

◆만월의 여왕 레날라

◆유년 학도

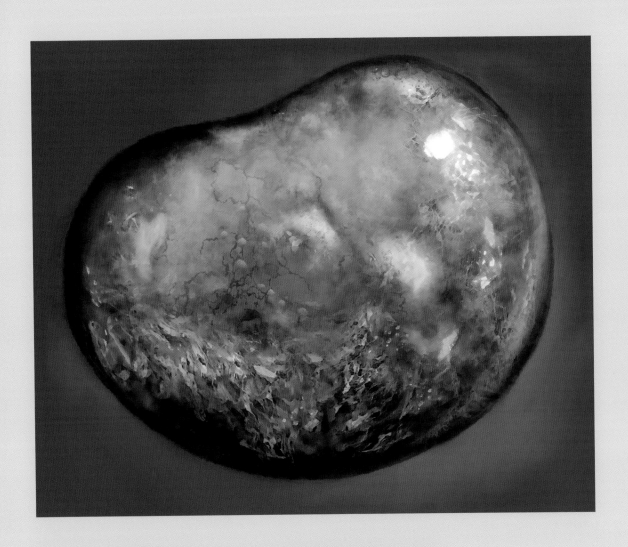

◆끔찍한 흉조 멀기트

◆흉조의 왕 모르고트

◆별 부수는 라단

◆모독의 군주 라이커드

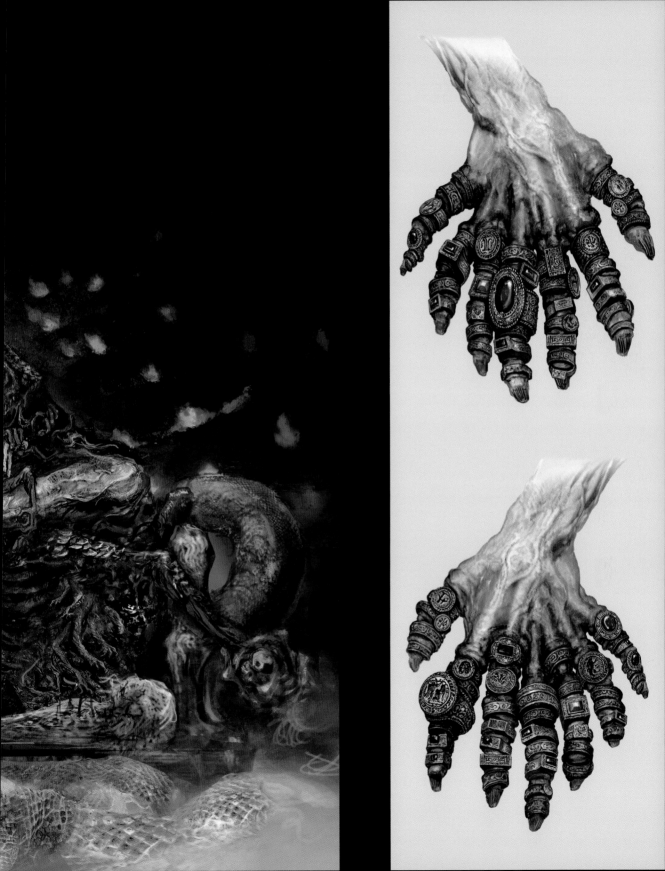

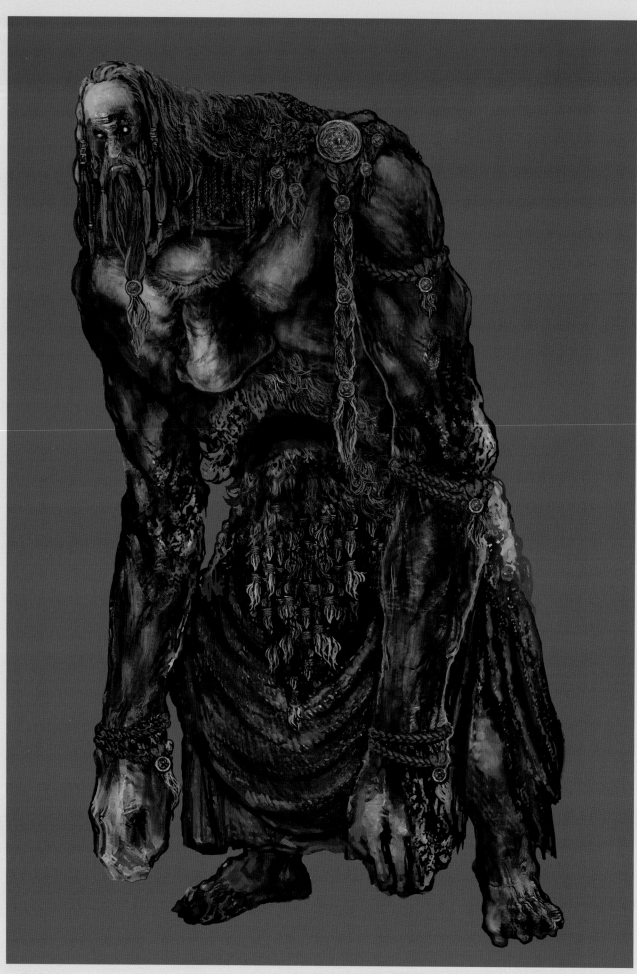

◆불의 거인

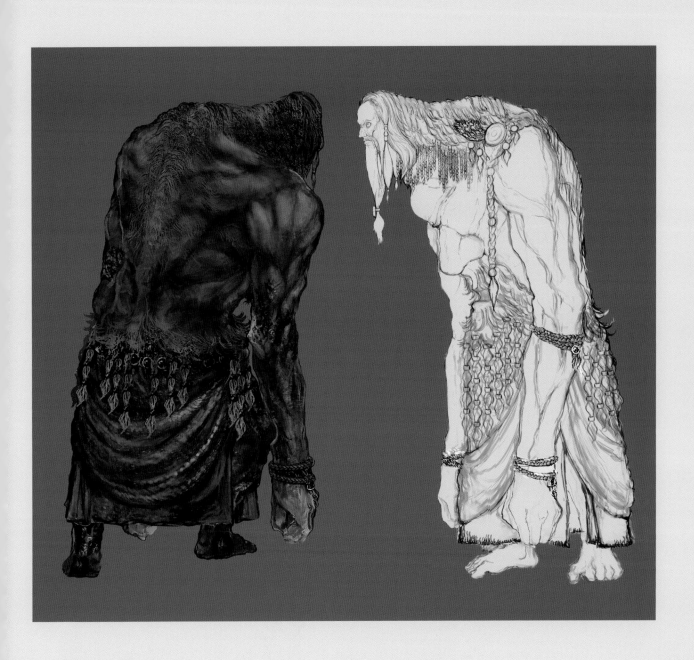

◆미켈라의 칼날 말레니아

◆부패의 여신 말레니아

◆흑검 말리케스

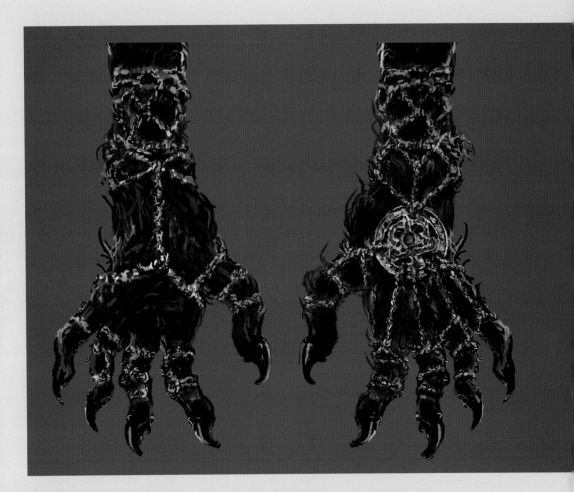

◆용왕 플라키두삭스

◆첫 왕 고드프리

◆첫 왕 고드프리

◆전사 호라 루

◆황금률 라다곤

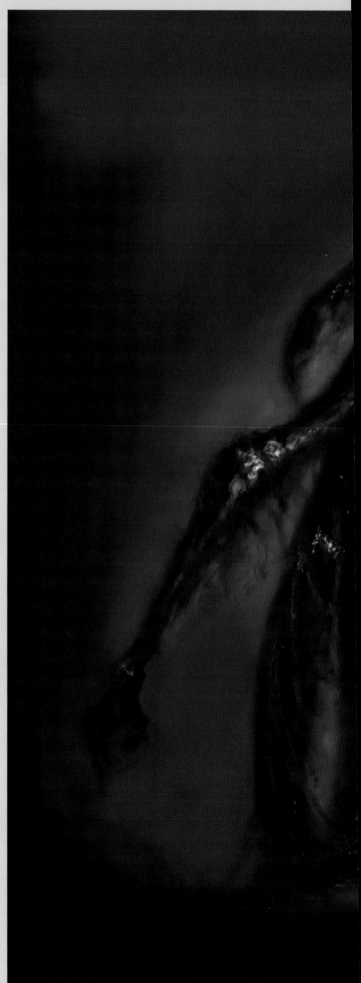

◆엘데의 짐승

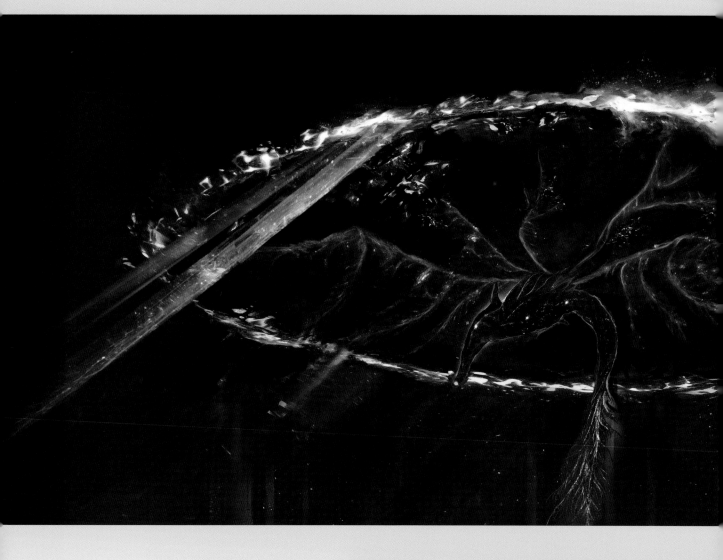

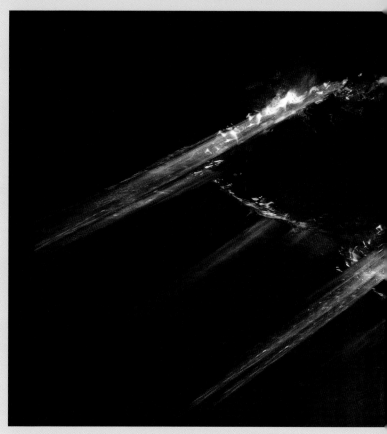

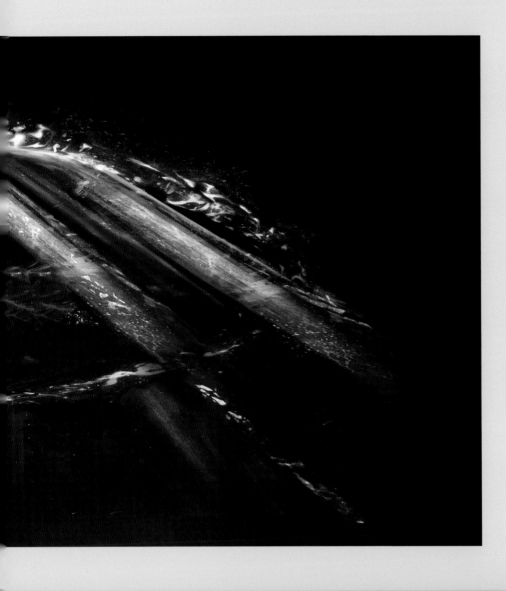

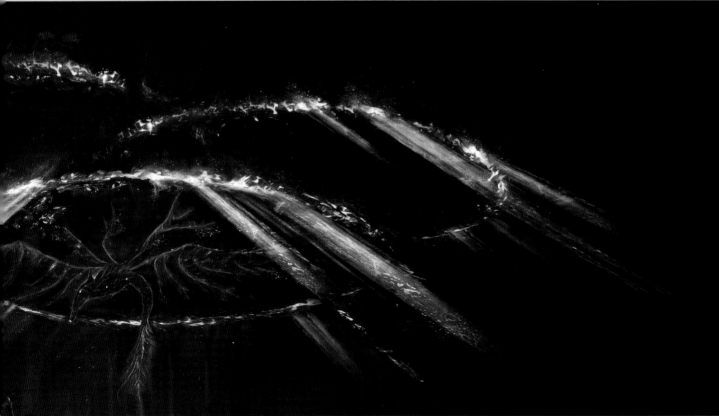

◆선조령의 왕

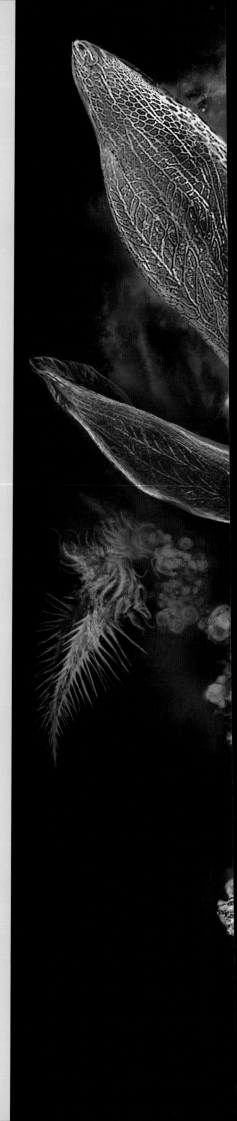

◆암흑의 부산물 아스테르

◆사롱 포르삭스

◆피의 군주 모그

◆트리 가드

◆임프

◆거대 해골

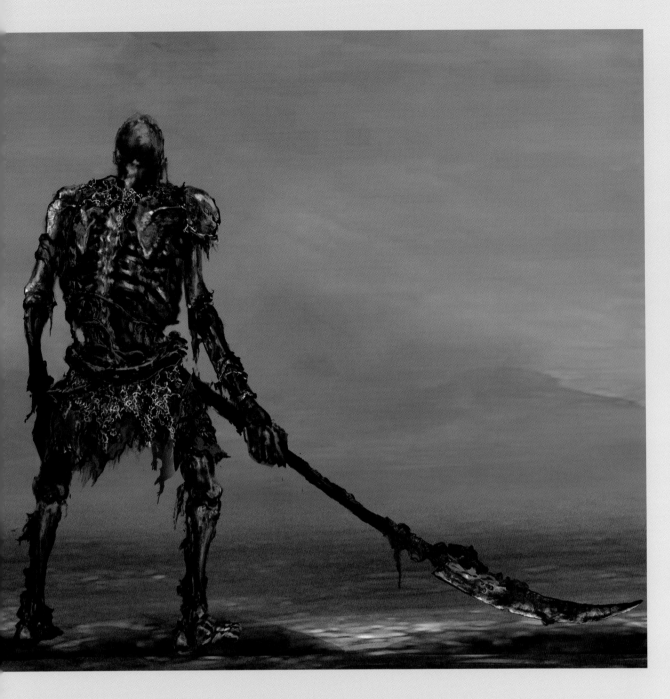

◆방울 사냥꾼

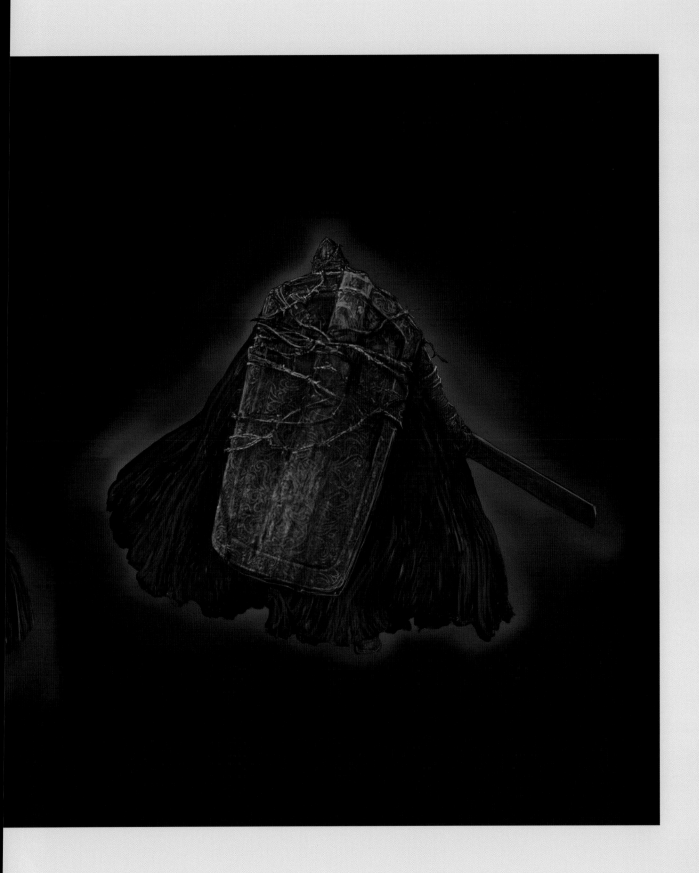

◆밤 기병

◆땅 잃은 기사

◆유배병

◆시민

◆묘지기 투사

◆날개 혼종

◆혼종

◆사자 혼종

◆룬베어

◆카이덴 용병

◆영해파리

◆영해파리

◆아인 여왕

◆아인

◆육지문어

◆새끼문어

◆파수석

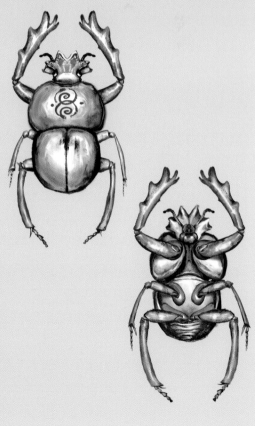

◆스카라베

◆환수의 파수견

◆트롤

◆귀인 마술사

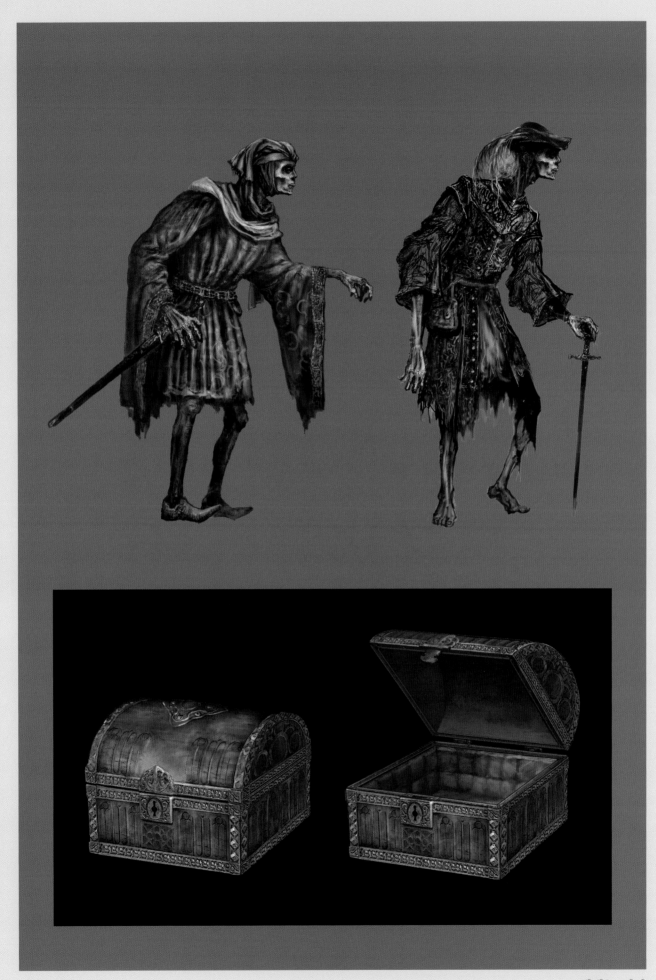

◆헤메는 귀인

◆호박머리 광병

◆고드릭 기사

◆고드릭의 군병　　　　　　　　　　　　　　　◆고드릭의 졸병

◆전쟁 매

◆별 부르는 자

◆걷는 영묘

◆비룡

◆가디언 골렘

◆접목의 귀공자

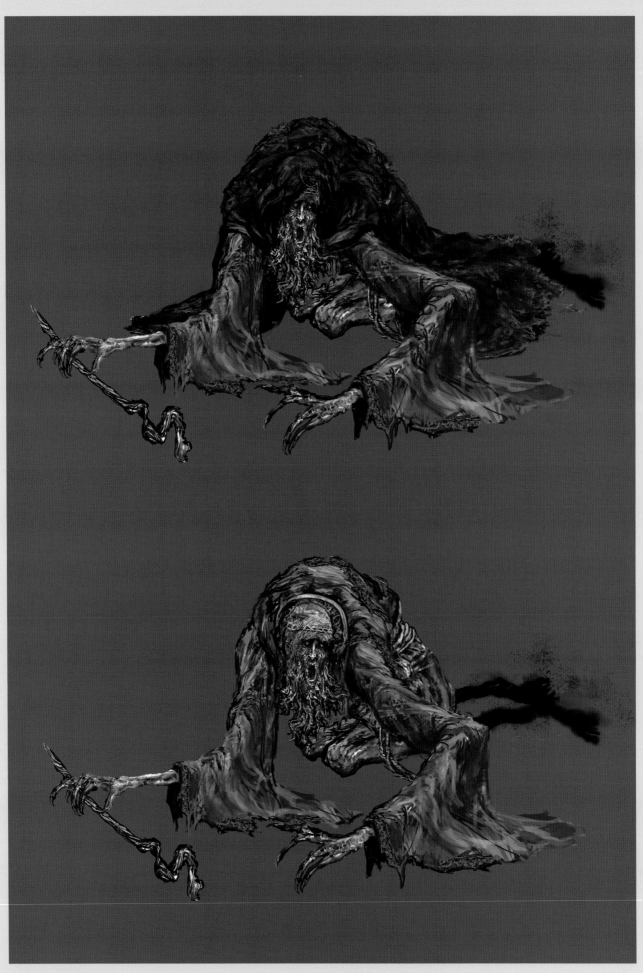

◆늙은 백금인

◆기구

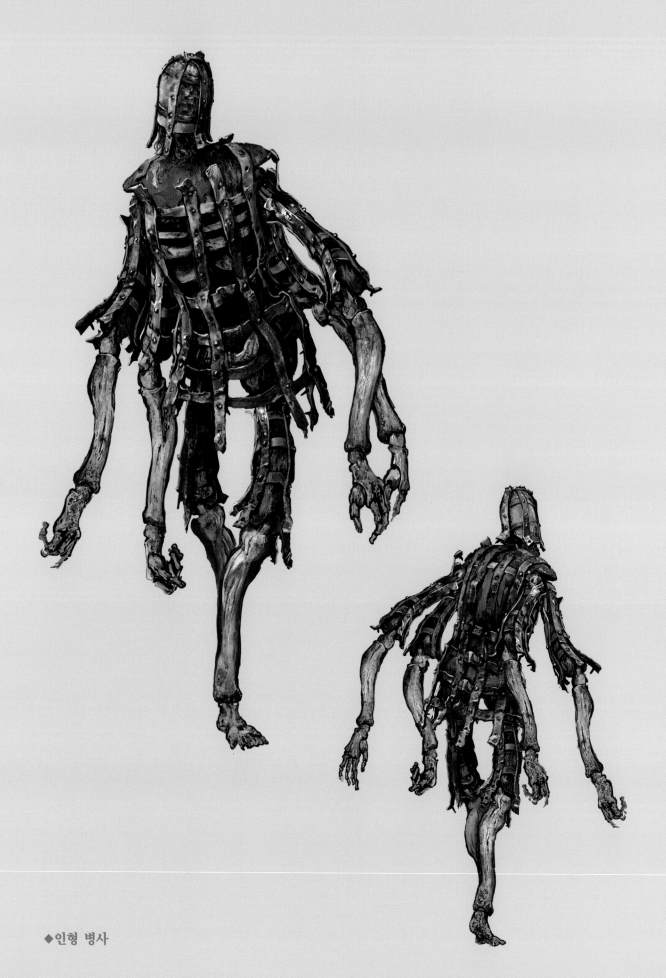

◆인형 병사

◆새 인형 병사

◆거대 가재

◆망령 시종

◆왕족의 망령

◆육지멍게

◆천한 병사

◆흉조잡이

◆검은 칼날의 자객

◆살아있는 항아리

◆살아있는 작은 항아리

◆광부

◆휘석 광부

◆결정인

◆결정인

116

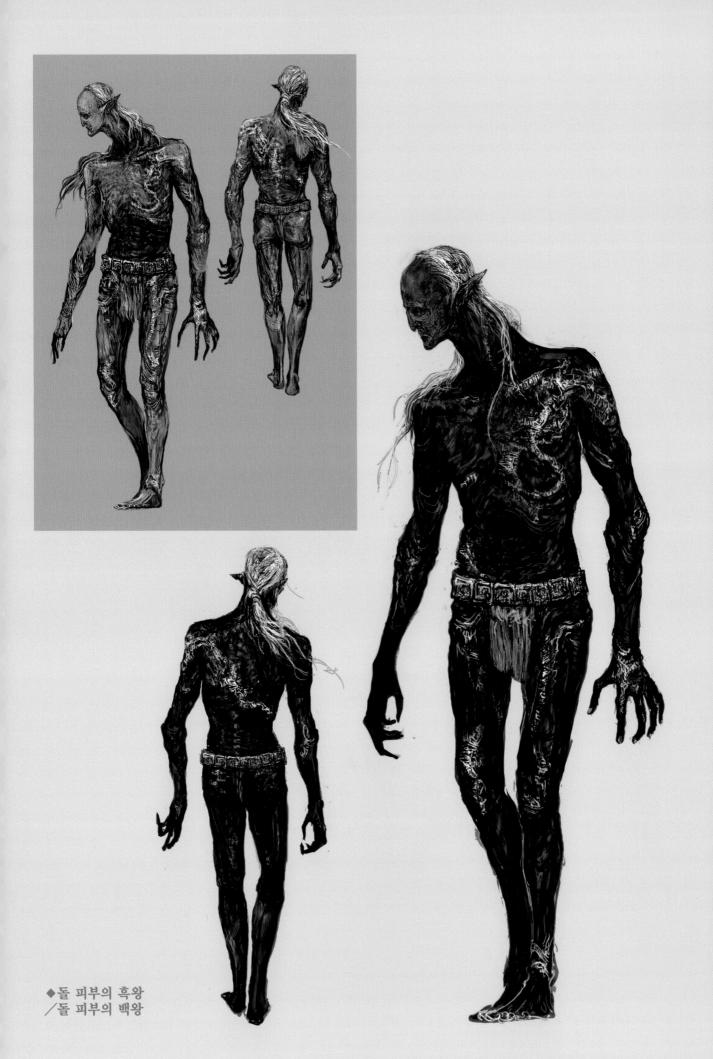

◆돌 피부의 흑왕
／돌 피부의 백왕

◆인면박쥐

◆인면박쥐

118

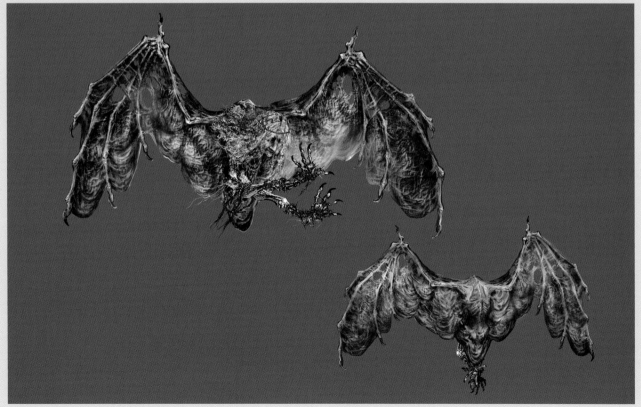

◆손가락벌레

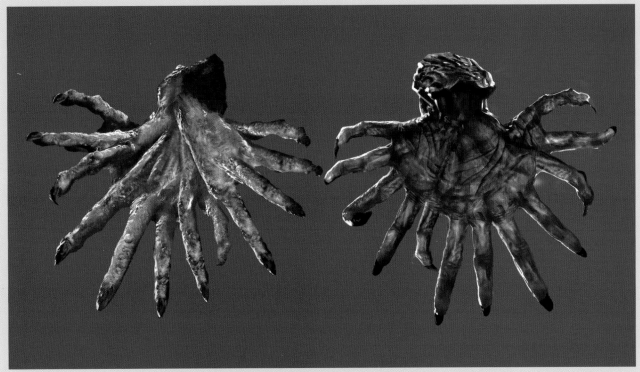

◆붉은 늑대

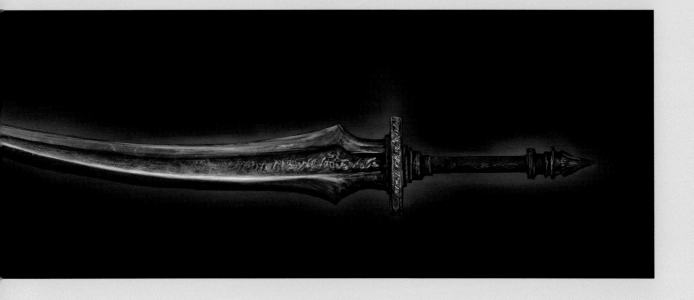

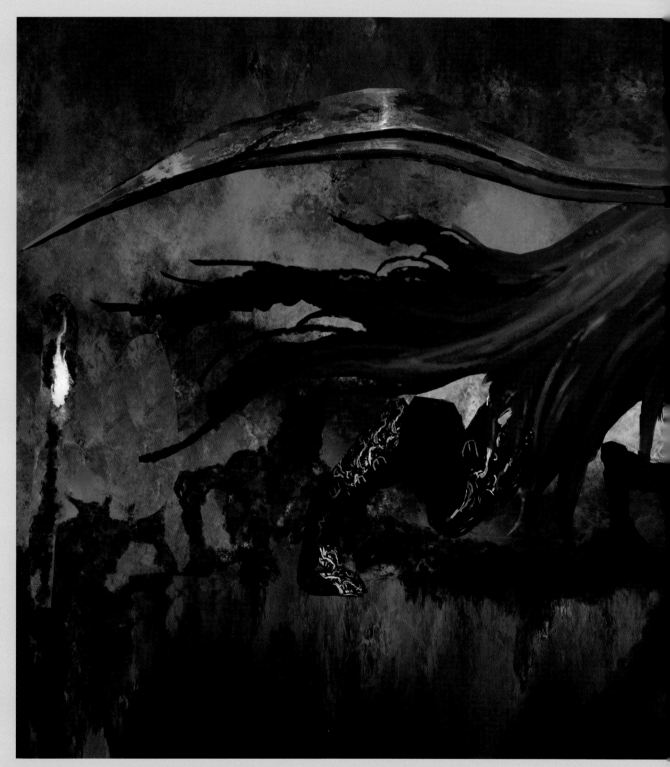

◆사냥개기사

◆레아 루카리아의 군병　　　　◆레아 루카리아의 졸병

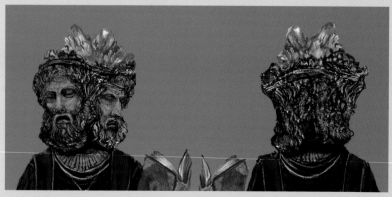

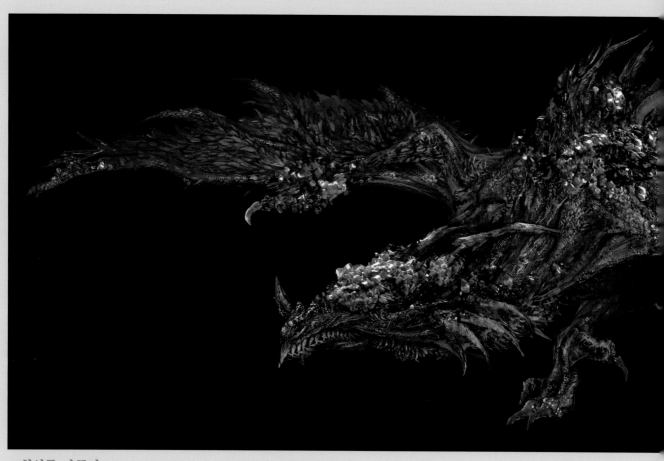

◆휘석룡 아듀라

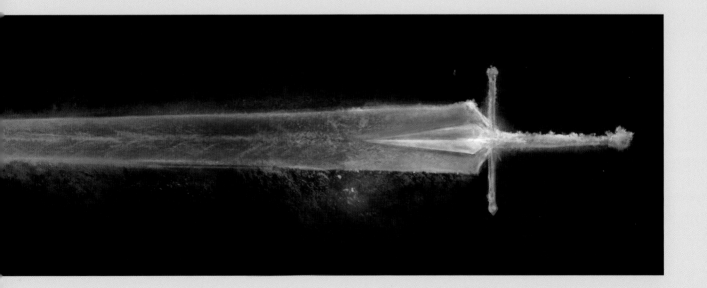

◆황금 나무의 화신

◆용암토룡

◆죽음 의례의 새

◆썩어가는 엑디키스

◆거대 개

◆거대 까마귀

◆미란다플라워

◆라단의 군병 ◆라단의 졸병

◆불의 전차

◆늙은 사자

◆말레니아의 귀부기사

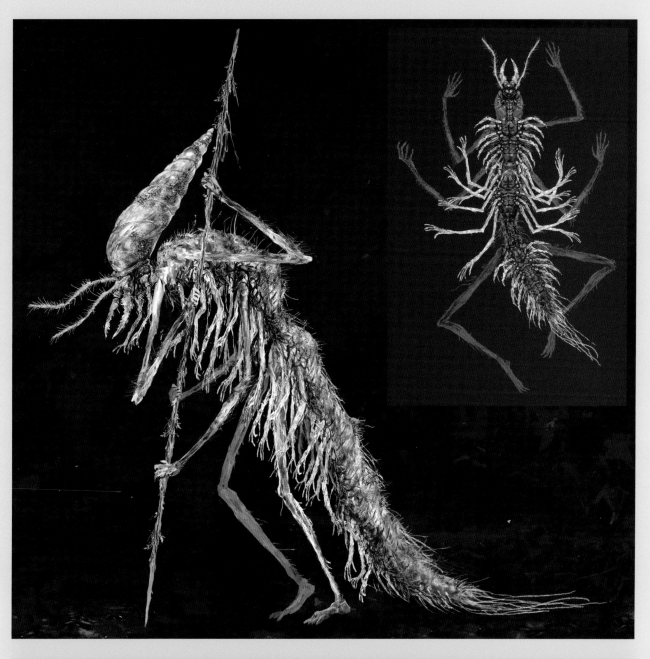

◆부패의 권속

◆용의 트리 가드

◆도가니의 기사

◆도가니의 기사 실루리아

◆영웅의 가고일

◆고룡 란삭스

◆지렁이 얼굴

◆티비아의 배

◆거대 스켈레톤

◆도미눌라의 무희

◆흉조의 아이

◆지키는 자

◆시종

◆묘소 그림자

◆부패한 망자

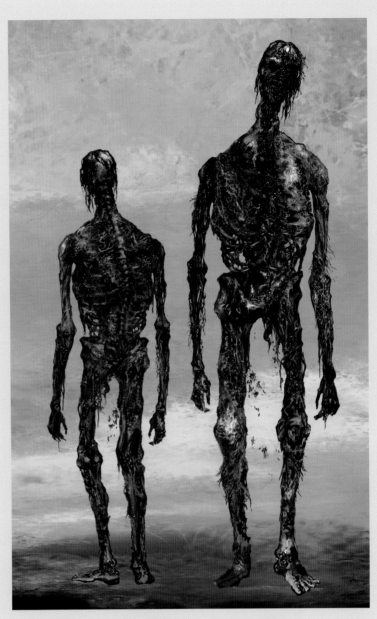

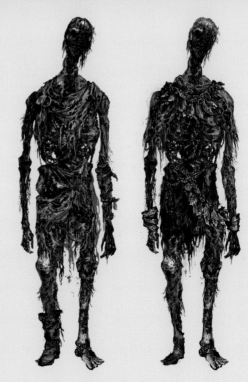

◆타락한 조향사

176

◆조향사

◆로데일 기사

◆로데일의 군병   ◆로데일의 졸병

◆불의 승병

◆죄인

◆불 주교

◆납치하는 소녀 인형

◆겔미어 기사

◆내리는 별의 짐승

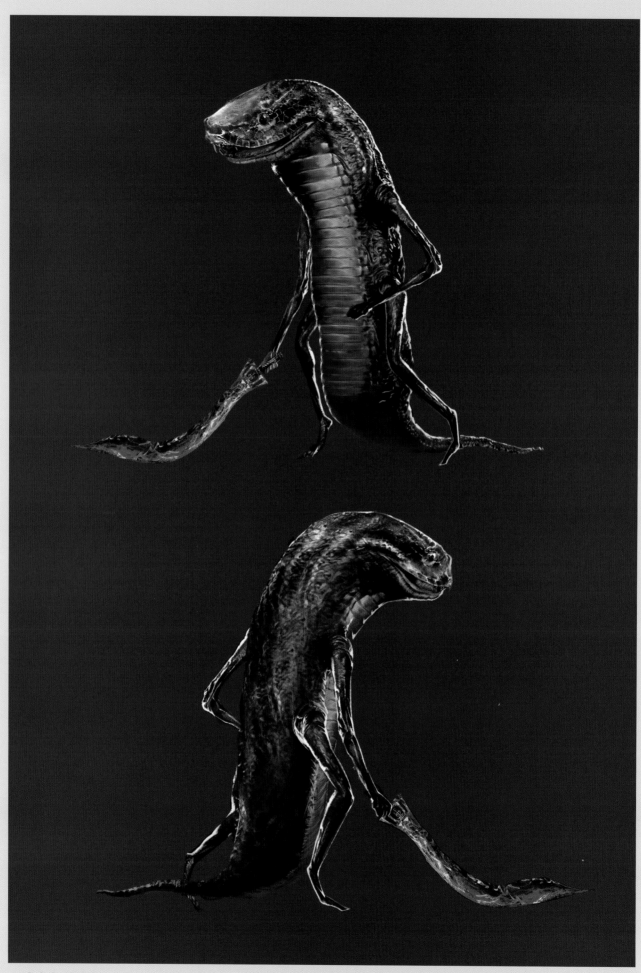

◆겔미어 뱀인간

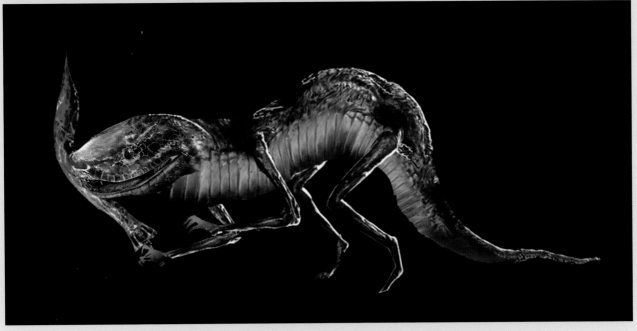

◆환혼 달팽이／뱀 달팽이／해골 달팽이

◆자미엘의 옛 영웅

◆노장 니아르

◆얼어붙는 안개 볼레아리스

◆백금의 사수

◆사수의 늑대

◆성수 기사

◆성수의 졸병   ◆성수의 군병

◆신탁의 사자

200

◆성수의 기사 로레타

◆파름 아즈라의 수인

◆신의 살갗의 사도

◆신의 살갗의 귀인

◆녹스의 밤의 무녀

◆녹스의 승려

◆녹스의 검사

◆녹스의 승려

◆피의 귀족

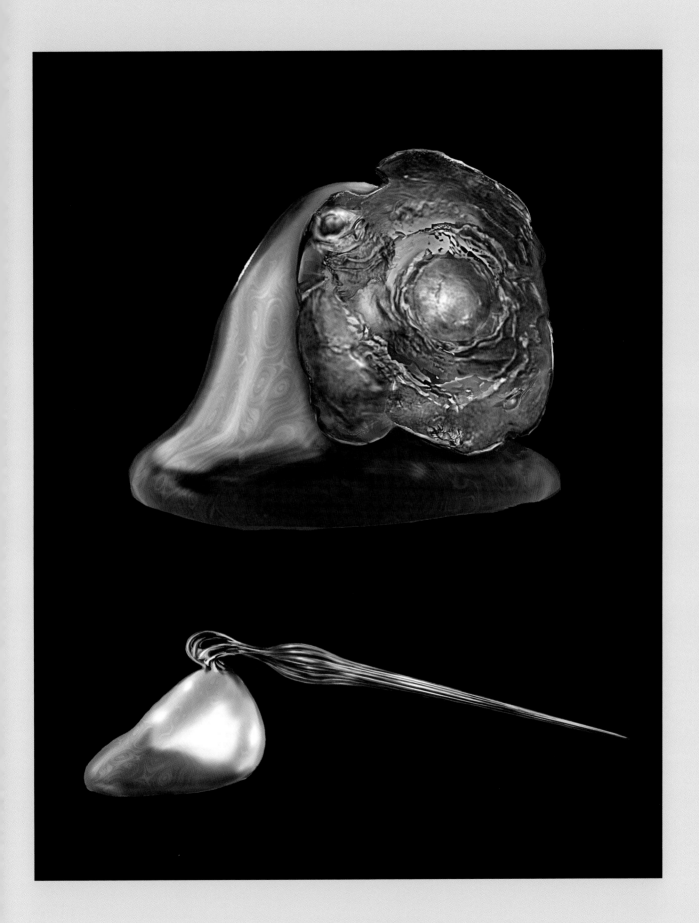

◆은의 물방울

◆영묘 기사

214

◆영묘 군병

◆선조령의 백성 전사

◆선조령의 백성 사제

◆거대 개미

◆진흙 인간

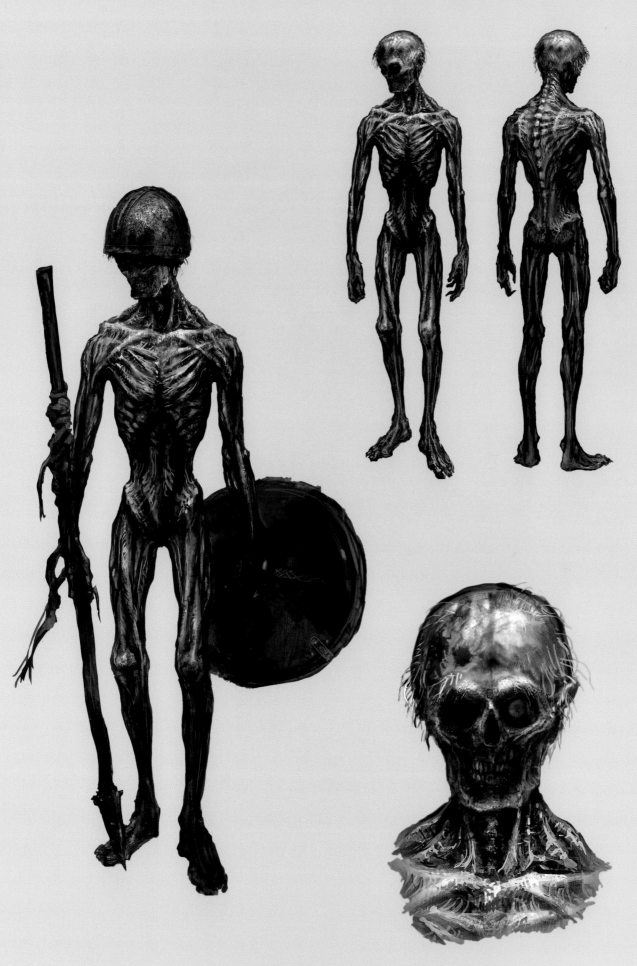

◆떨어지는 매 병단

◆떨어지는 매 병단

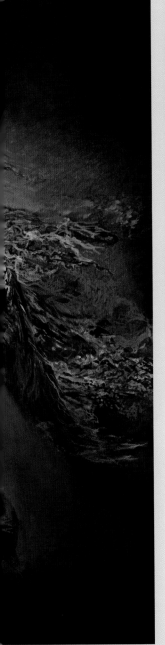

◆용인병

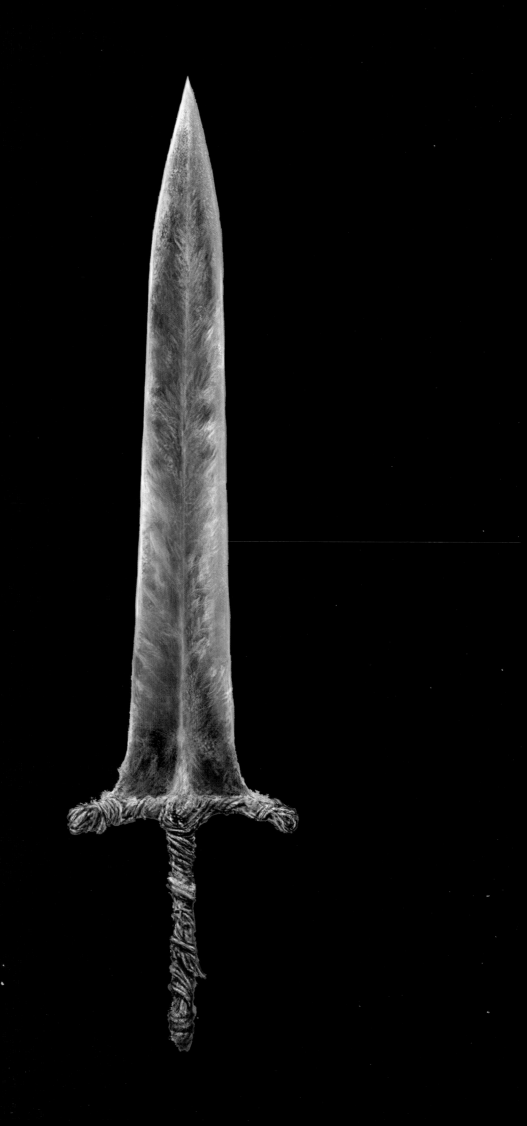

제 5 장
위대한 무기

Weapon: Great Armaments

제5장 제1절
추억의 힘

◆접목된 비룡

◆고드릭의 왕 도끼

◆별 부수는 대검 ◆사자의 대궁

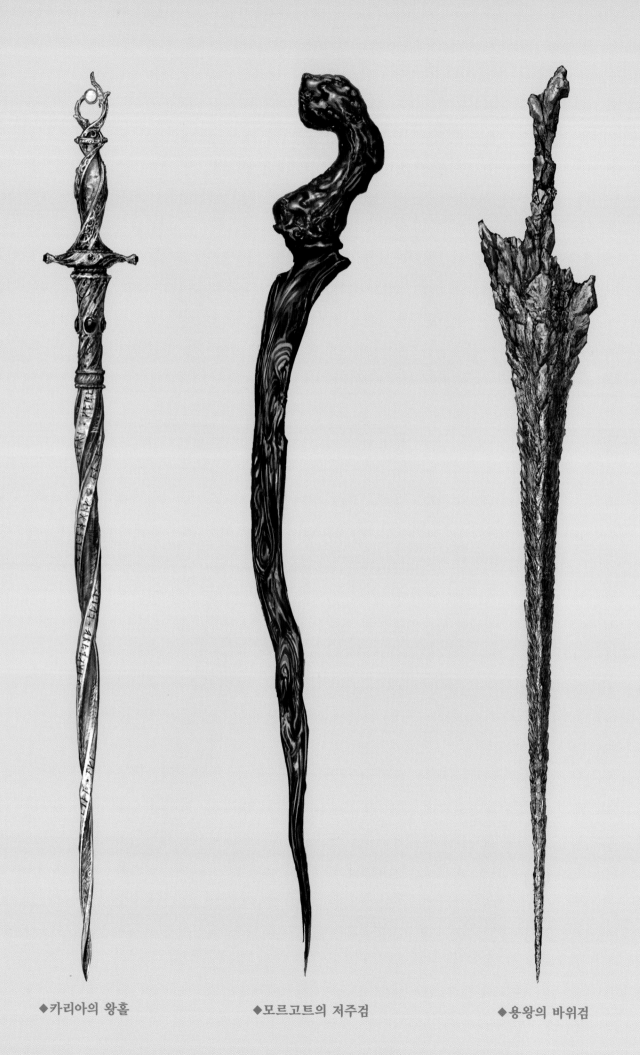

◆카리아의 왕홀　　　　◆모르고트의 저주검　　　　◆용왕의 바위검

◆거인의 적발

◆떨어진 별들

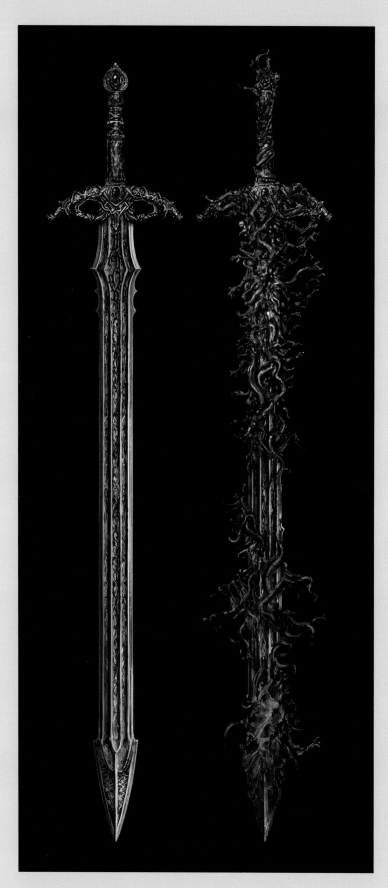

◆모독의 성검   ◆모그윈의 성창

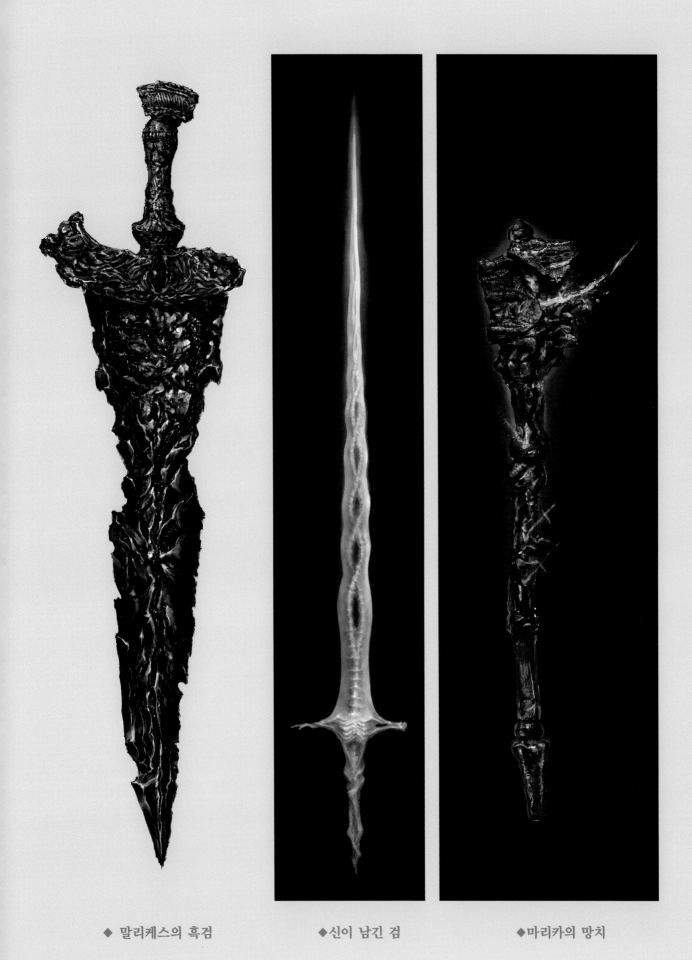

◆ 말리케스의 흑검　　　　　◆신이 남긴 검　　　　　◆마리카의 망치

여러 무기

단검

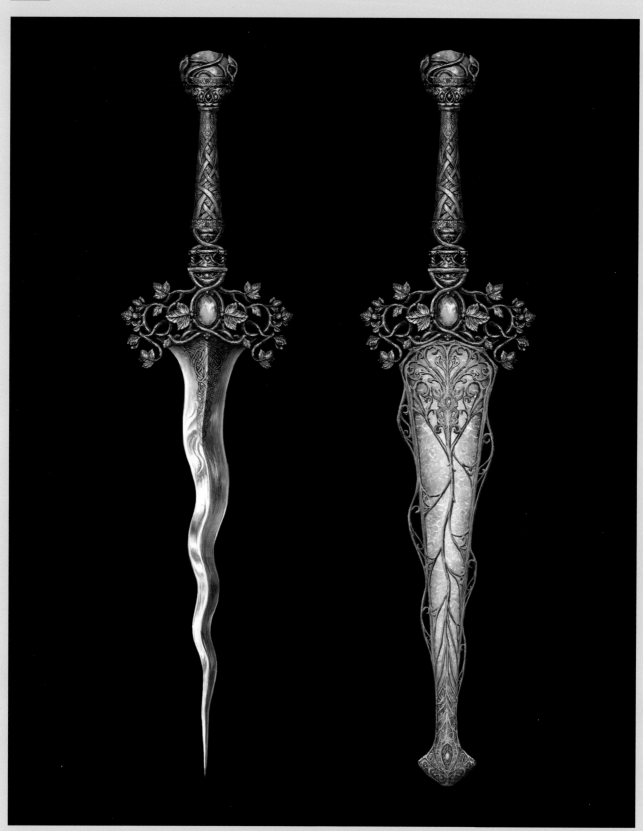

◆휘석 크리스

◆레두비아　　　　　　　　　　　　　　◆협차

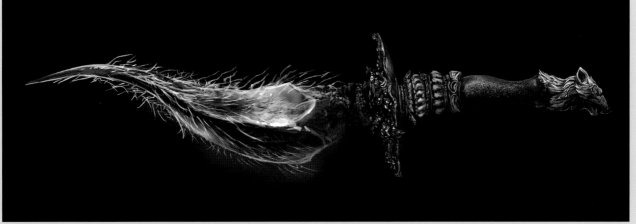

◆전갈의 침

◆검은 칼날

◆축제의 손낫

◆황동 단도

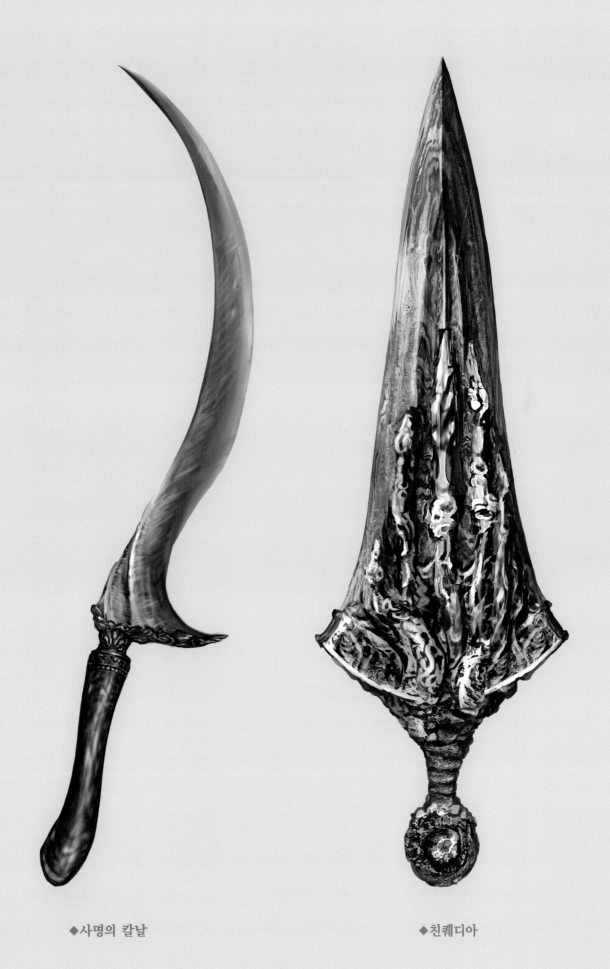

◆사명의 칼날 　　　　　　　◆친퀘디아

직검

◆귀인의 세검   ◆낡은 직검   ◆에오히드의 보검   ◆황금 묘비

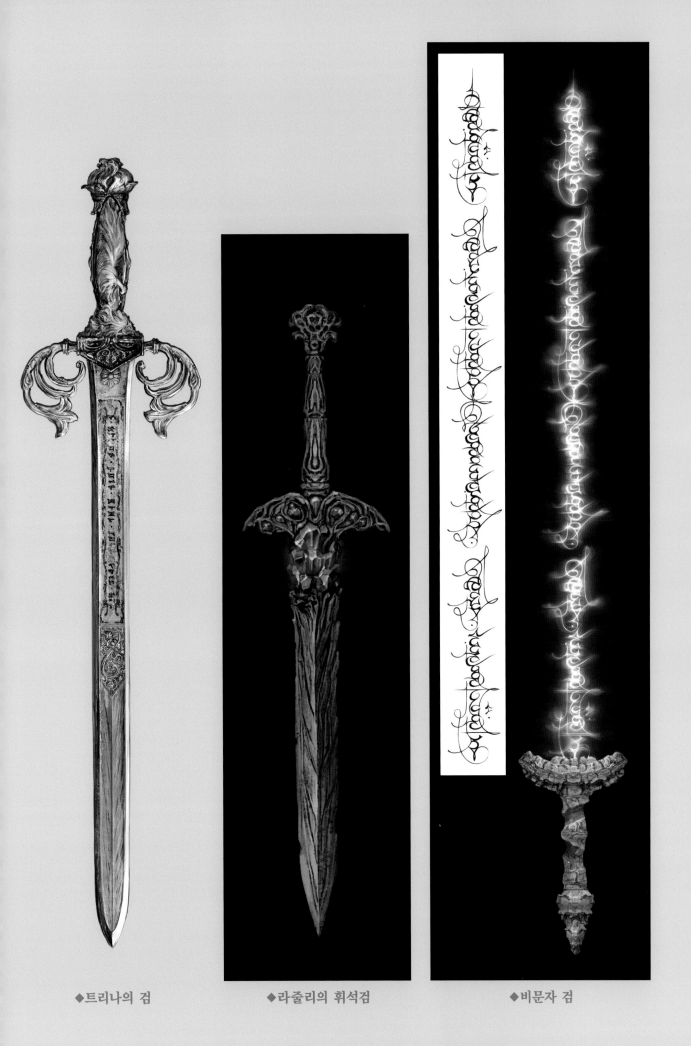

◆트리나의 검　　　　◆라줄리의 휘석검　　　　◆비문자 검

◆미켈라의 기사검

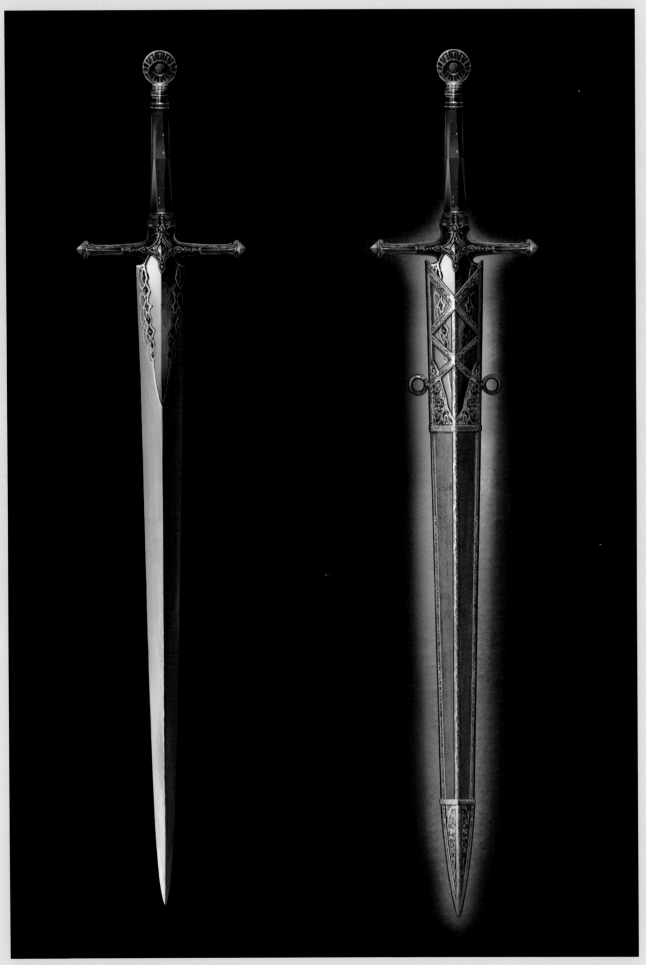

◆카리아의 기사검

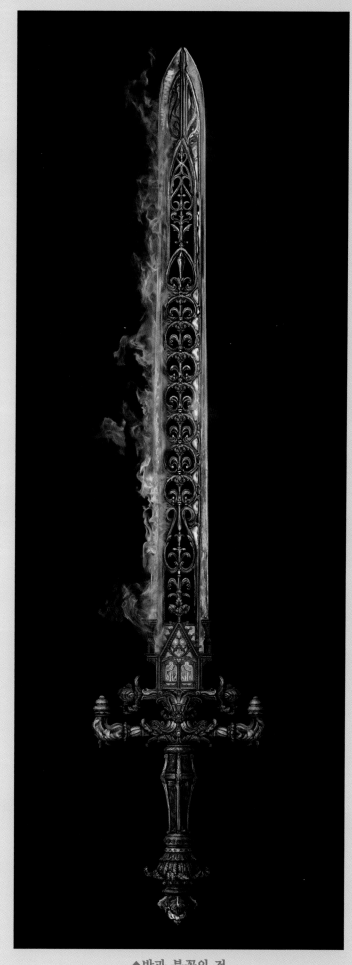

◆밤과 불꽃의 검

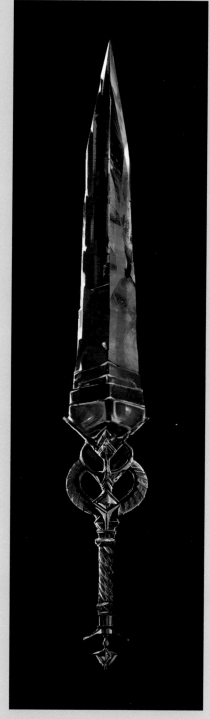

◆결정검

◆지팡이검

◆전쟁매의 발톱검

대검

◆기사 대검

◆헬펜의 첨탑

◆마레 가의 집행검

◆암월의 대검 ◆오르도비스의 대검 ◆가고일의 대검

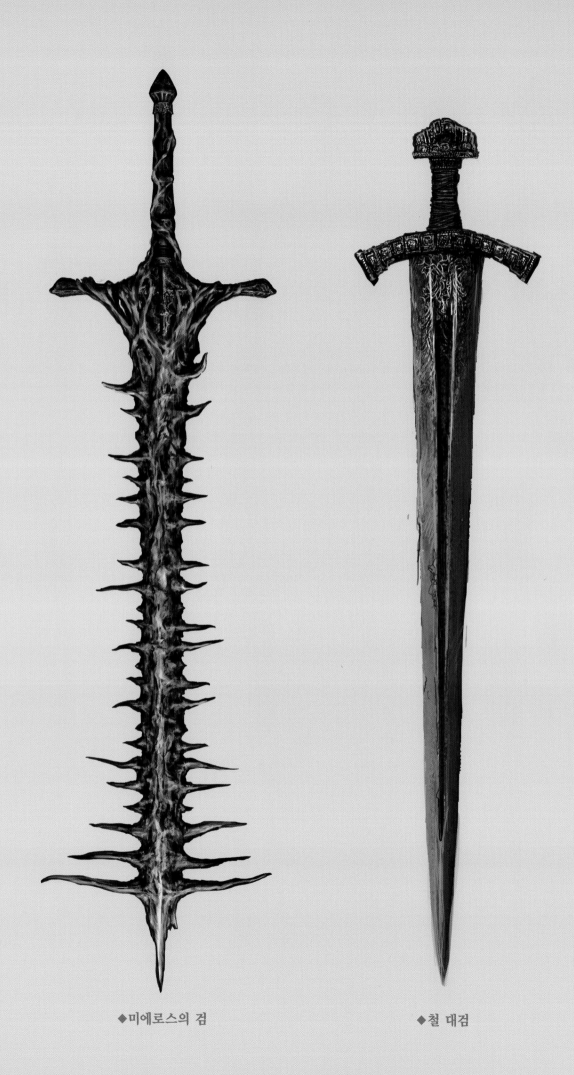

◆미에로스의 검 　　　　　　　◆철 대검

◆땅 잃은 기사의 대검   ◆나뉘지 않는 쌍생아의 검   ◆두갈래 대검

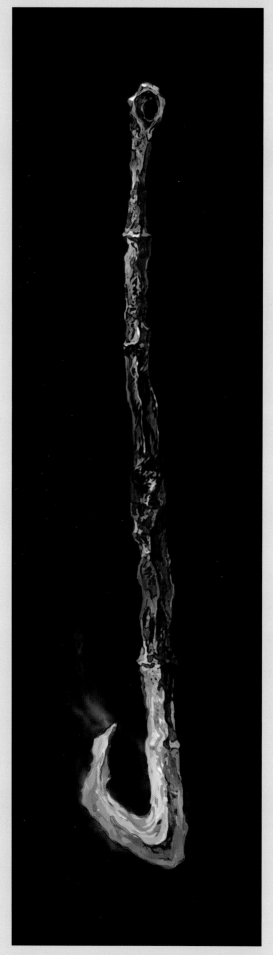

◆죽음부지깽이

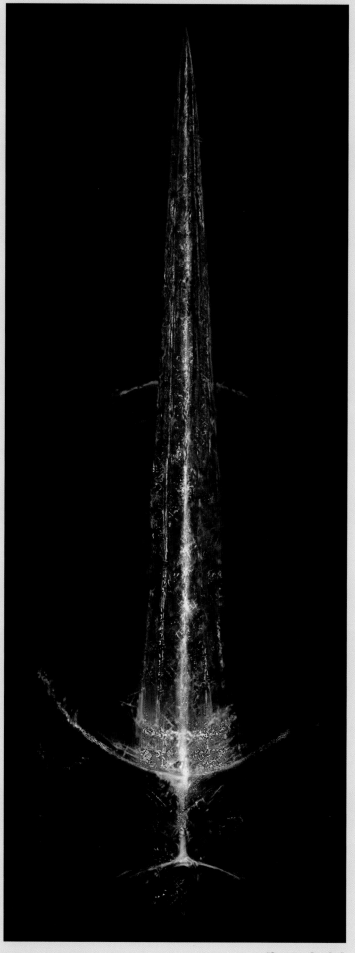

◆황금률의 대검

특대검

◆왕가의 그레이트 소드　　　◆트롤의 황금검　　　◆거인의 마법검

◆그레이트 소드

◆유적의 대검

248

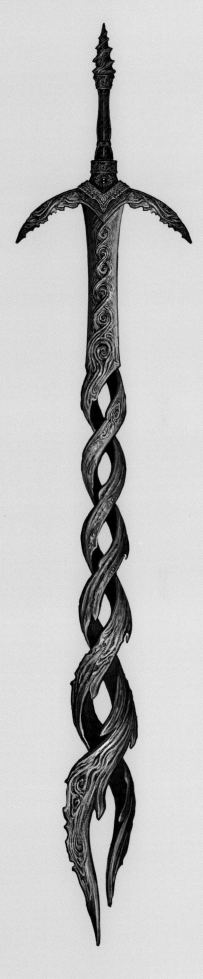

◆검 잇기의 대검

◆신 사냥의 검

자검

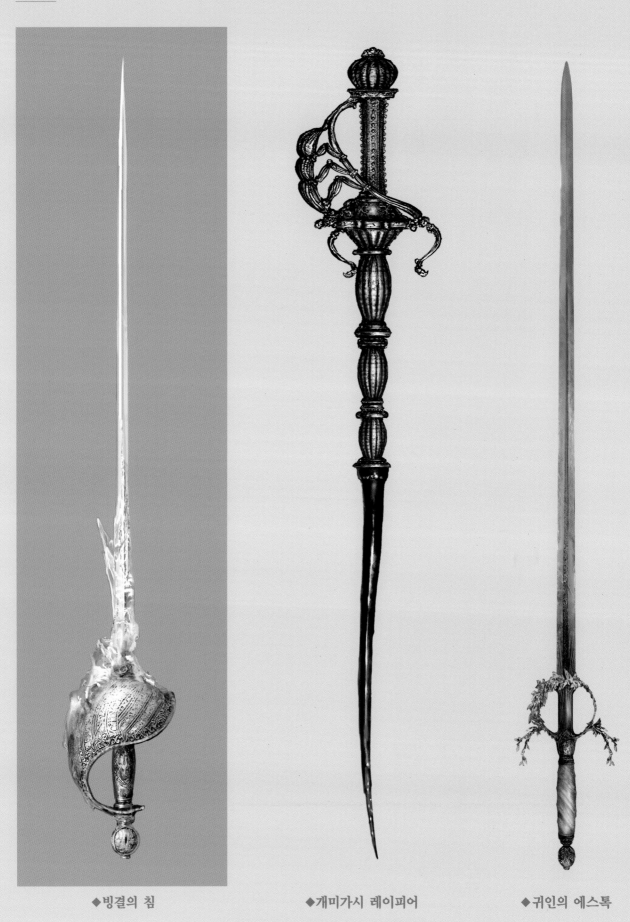

◆빙결의 침　　　　　　　◆개미가시 레이피어　　　　　　◆귀인의 에스톡

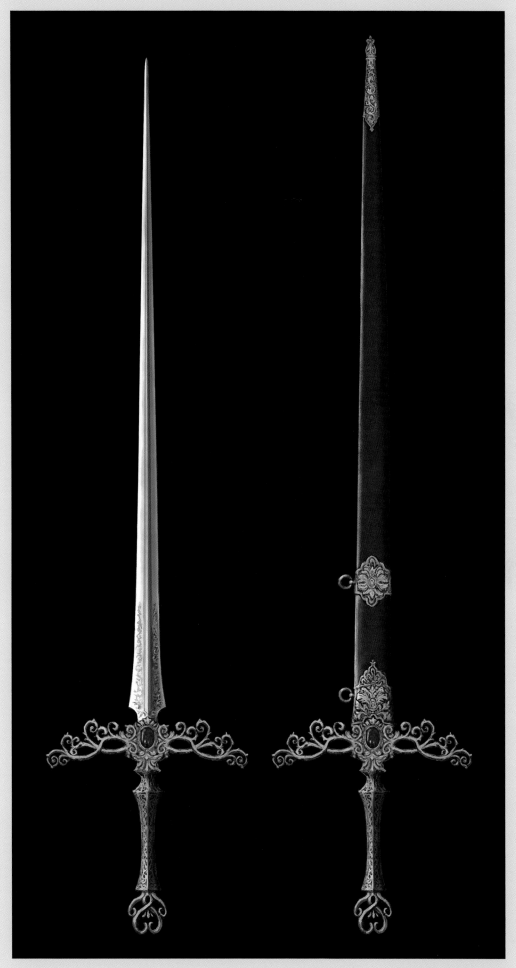

◆로지에르의 자검

대자검

◆그레이트 에페   ◆피의 헬리케   ◆신의 살갗 대자검

곡검

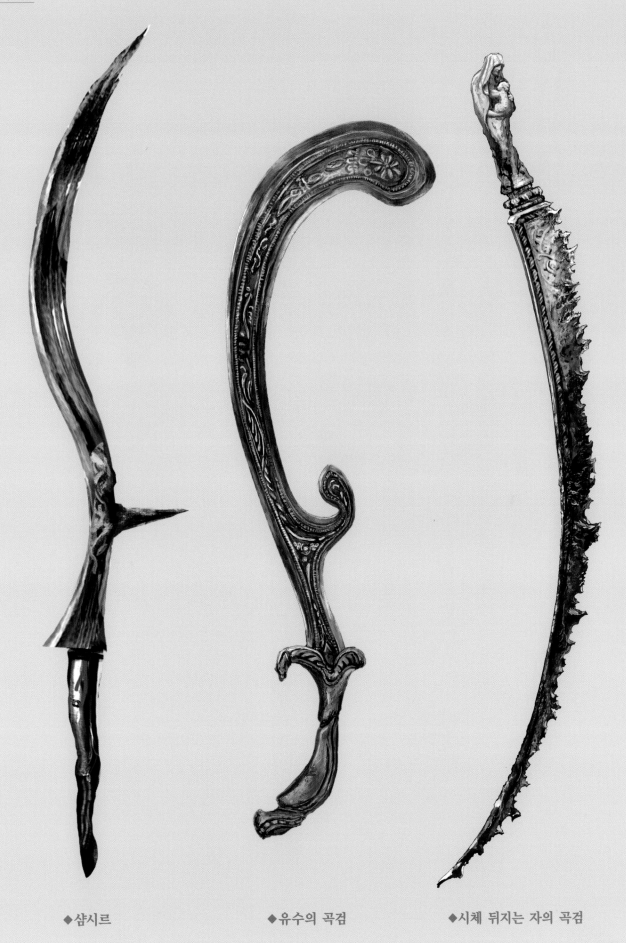

◆샴시르 ◆유수의 곡검 ◆시체 뒤지는 자의 곡검

◆뱀신의 곡도

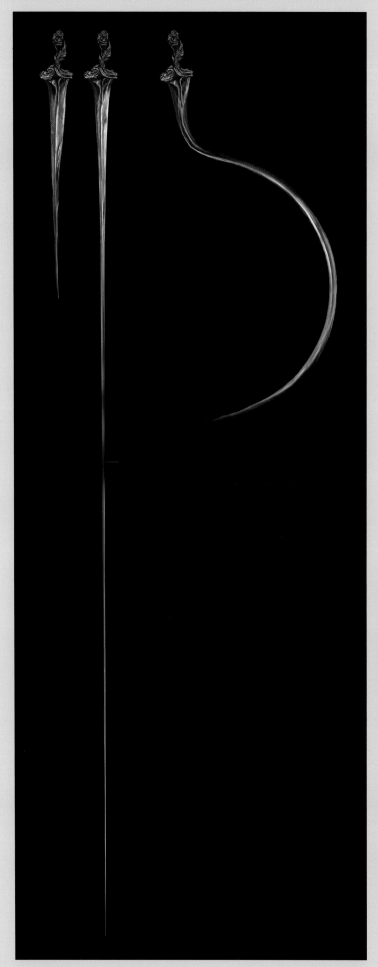

◆녹스의 유체검

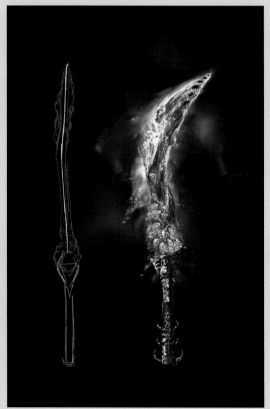

◆용암도

◆일식의 쇼텔

◆아스테르의 날개

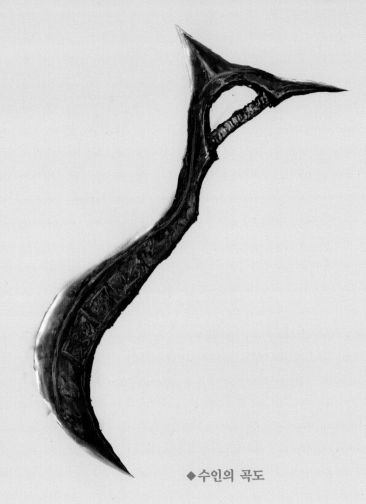

◆수인의 곡도

대곡검

◆자미엘의 곡검

◆참마도

◆수인의 대곡도

도

◆운철도　　　　　　　　　　　　　　　　　　◆시산혈하

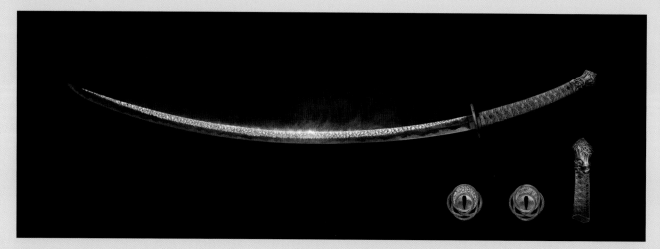

◆명도 월은

◆뱀 뼈의 도

◆용비늘도

258

쌍날검

◆가고일의 쌍날검

◆트윈 나이트소드

◆엘레오노라의 쌍치도

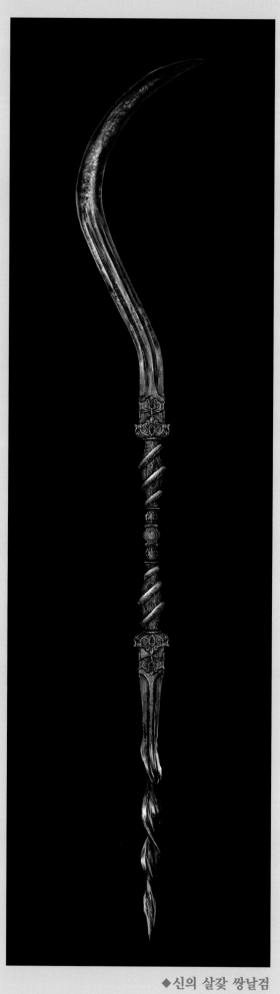

◆신의 살갗 쌍날검

도끼

◆하이랜드 액스

◆산 제물 도끼

◆축제의 나대

◆빙각의 도끼

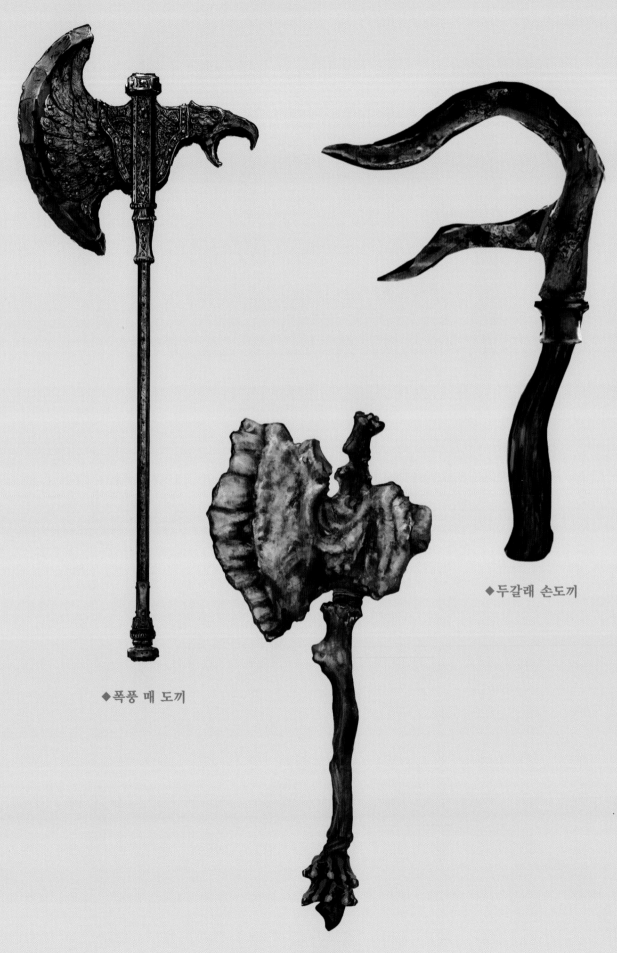

◆폭풍 매 도끼

◆두갈래 손도끼

◆치열 도끼

◆로제스의 도끼

◆파문의 검

대형 도끼

◆그레이트 액스

◆요참의 큰 나대

◆해체 식칼

◆가고일의 대형 도끼

◆날개의 큰 뿔

◆녹슨 닻

망치

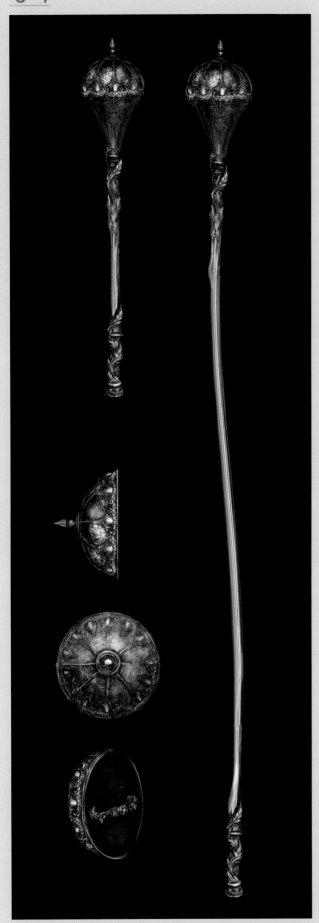

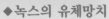

◆녹스의 유체망치

◆해머

◆이빨 달린 곤봉

◆반지손가락

◆돌 곤봉

◆바레의 꽃다발

◆사자들의 피리

◆온 지혜의 왕홀

철퇴

◆가족의 머리

◆밤 기병의 철퇴

대형 망치

◆짐승 발톱 대형 망치

◆적석 망치

◆그레이트 메이스

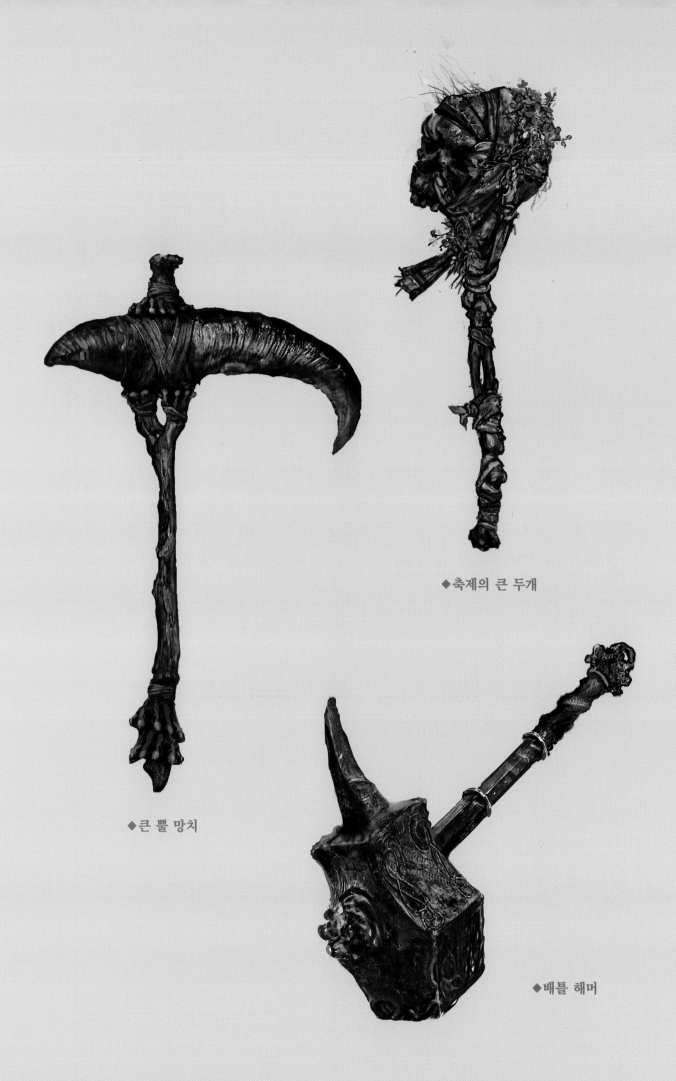

◆축제의 큰 두개

◆큰 뿔 망치

◆배틀 해머

272

◆큰 굽은 곤봉

◆사자들의 긴 피리

◆세계 먹는 자의 왕홀

◆존안의 촛대　　　　　　　　　　◆그레이트 스타즈

특대형 무기

◆그레이트 클럽   ◆투사의 대형 도끼

◆트롤 해머

◆거인 부수기

◆주교의 대형 화염 망치

◆기자의 수레바퀴

◆화신의 의장

◆부패한 의장

◆사자들의 부채피리

창

◆스피어　　　　◆십문자치도　　　　◆진흙인간의 작살

◆결정창   ◆죽음 의례의 창   ◆축제 늑골 쇠스랑

◆책문 촛대 ◆그랑삭스의 벼락

대형 창

◆랜스　　　　　　　　◆트리 스피어　　　　　　◆바이크의 전투 창

◆큰 뱀 사냥꾼　　　　　　　　◆실루리아의 나무창

도끼창

◆가고일의 도끼창   ◆밤 기병의 글레이브   ◆땅 잃은 기사의 도끼창

◆용 할버드   ◆수호자의 검창   ◆벌레의 글레이브

◆노장의 군기

낫

◆날개낫

◆광륜의 대낫

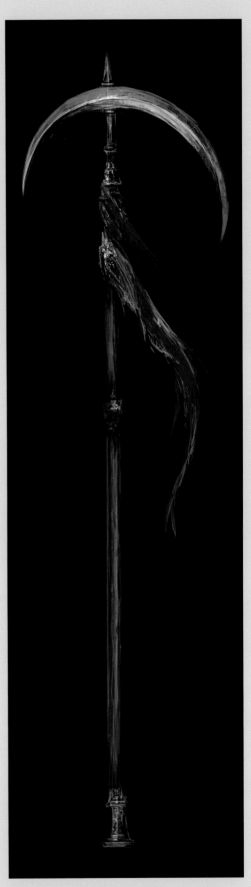

채찍

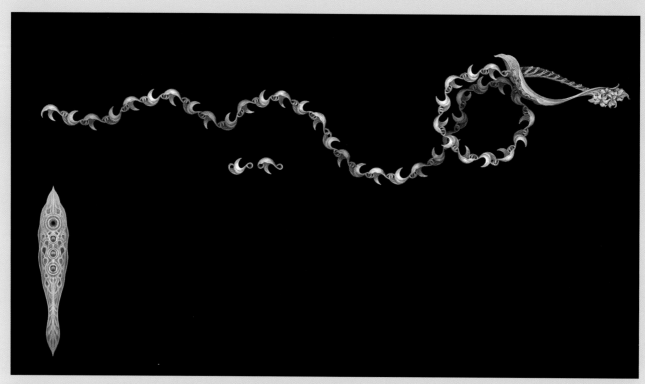

◆호슬로의 꽃잎

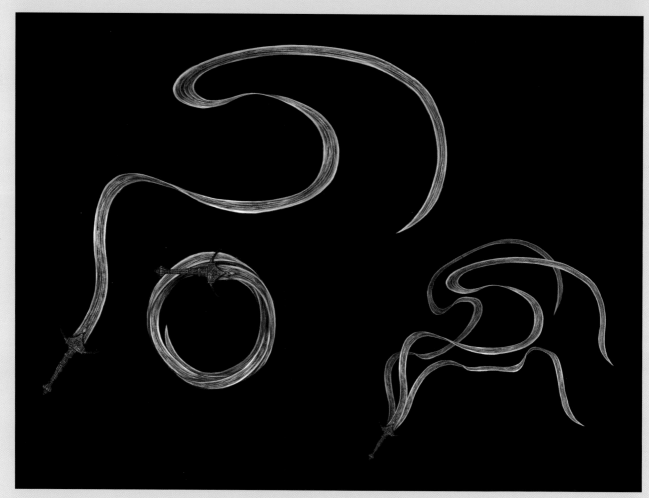

◆우루미

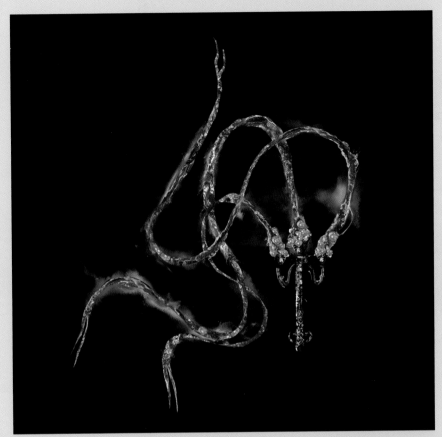

◆용암 채찍의 촛대

◆가시 채찍

주먹

◆노장의 의족

◆카타르

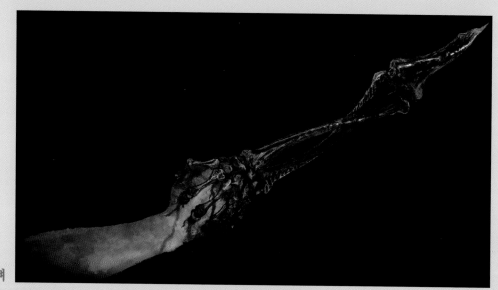

◆매달리는 손뼈

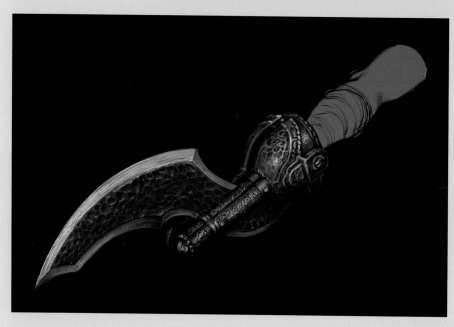

◆노장의 의족

◆철구권

◆가시 철구권

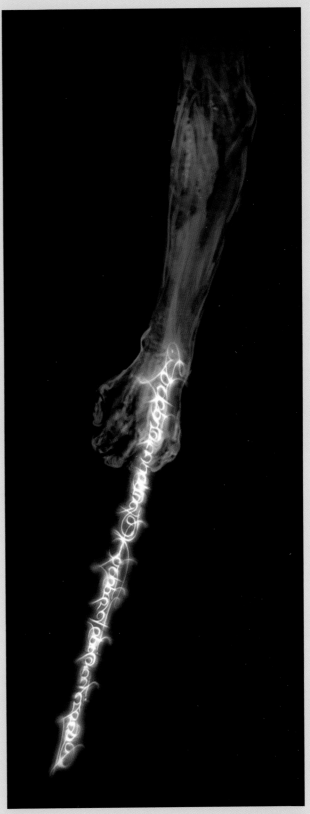

◆비문자의 파타

소형 활 하프 보우   # 활 황금 나무의 활

◆하프 보우

◆황금 나무의 활

◆검은 활   ◆뱀 활

◆도르래 활 ◆뿔 활

대궁

◆황금 나무의 대궁

◆대궁

◆골렘의 대궁

크로스보우 · 발리스타

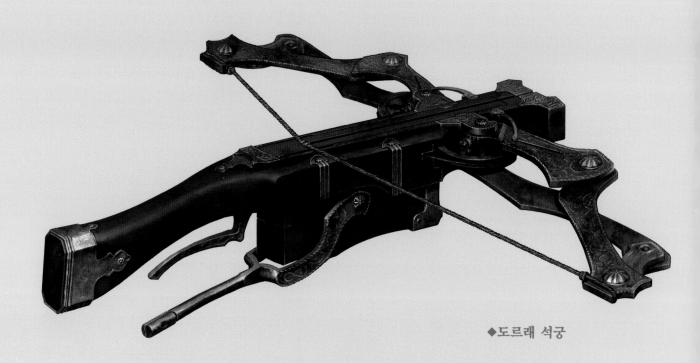

◆도르래 석궁

◆월륜의 석궁

◆크레푸스의 흑건

◆대포 항아리

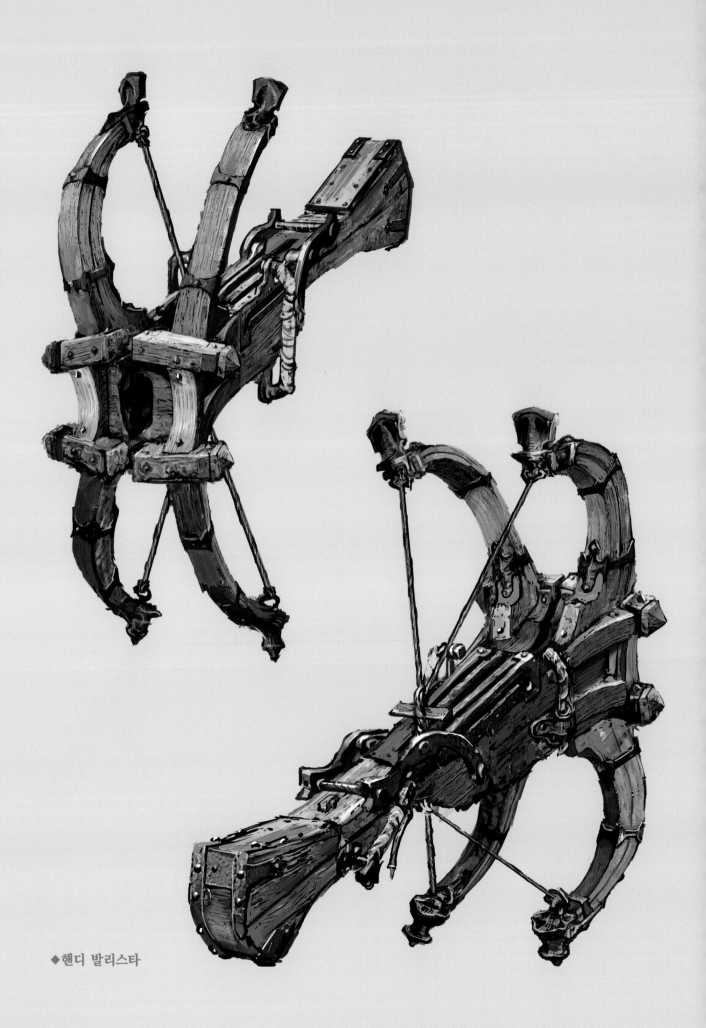

◆핸디 발리스타

지팡이

◆휘석 지팡이　　　　　　　◆아인 여왕의 지팡이　　　　　　◆운석 지팡이

◆채석 지팡이　　　　　　　◆죄인의 지팡이　　　　　　　◆겔미어의 휘석 지팡이

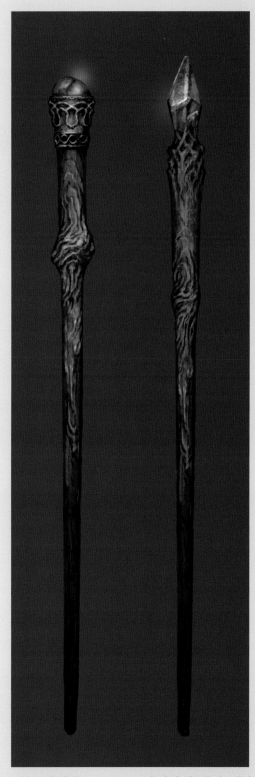

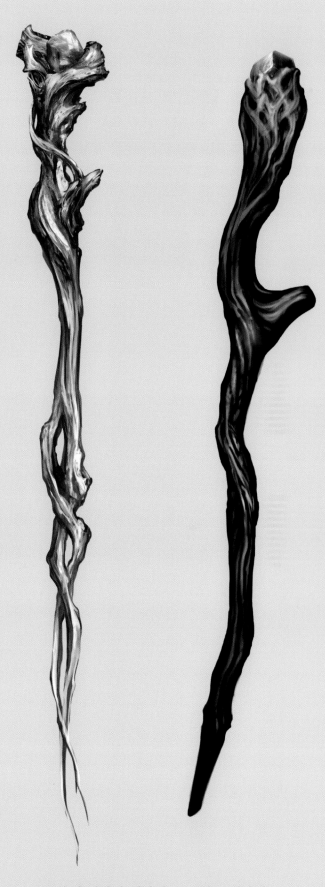

◆학원의
휘석 지팡이   ◆카리아의 휘석 지팡이   ◆죽음의 왕자의 지팡이   ◆백금 지팡이

◆카리아의 휘검 지팡이　　　◆결정 지팡이　　　◆아줄의 휘석 지팡이　　　◆루사트의 휘석 지팡이

성인

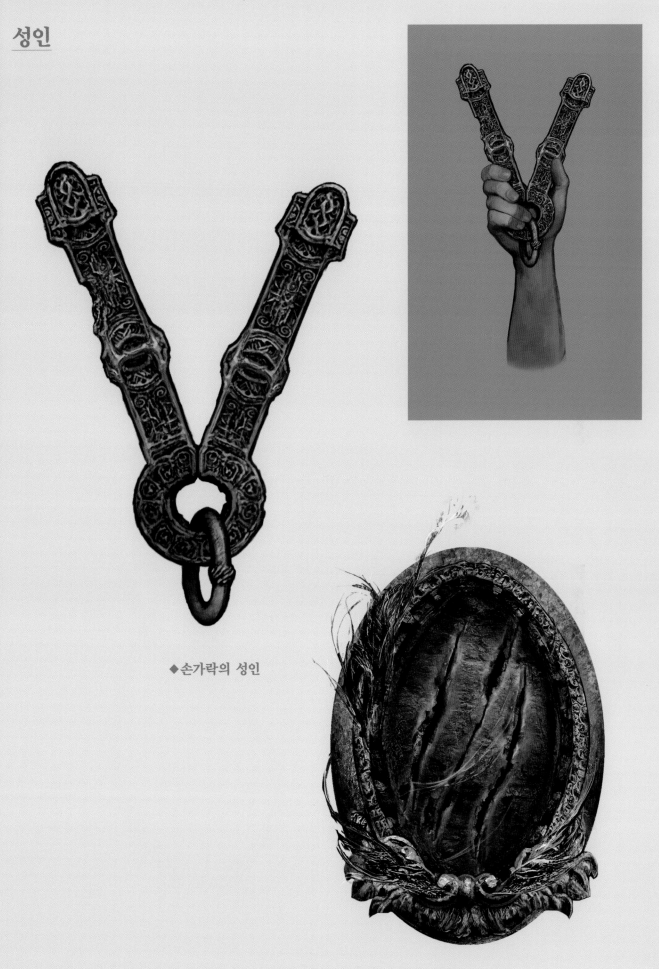

◆손가락의 성인

◆발톱 자국의 성인

◆신 사냥의 성인 　　　　　　◆조약돌의 성인

◆황금 나무의 성인

◆황금률의 성인

◆용찬의 표식

◆미친 불의 성인

◆붉은 가시 목제 방패

◆쇠 압정 목제 방패

◆성구의 목제 방패

◆청백 목제 방패

◆갈라짐의 방패

◆철제 원형 방패

◆금장 철제 방패

◆얼음 문양 방패

◆그을림의 방패

◆똬리 방패

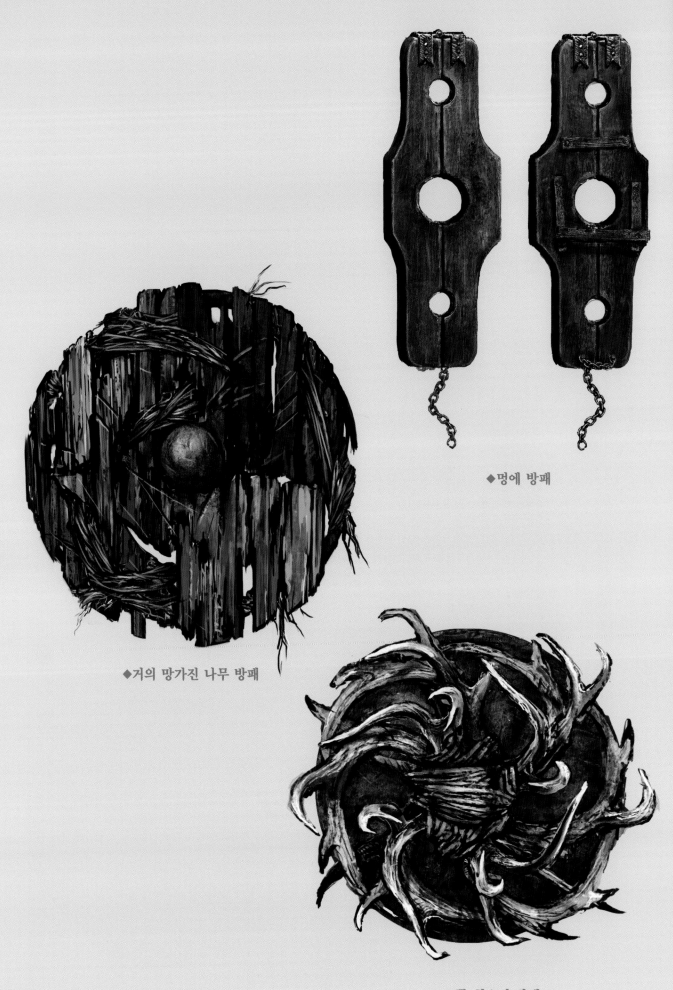

◆멍에 방패

◆거의 망가진 나무 방패

◆뿔 회오리 방패

◆뱀인간의 방패

◆조향사의 방패

◆죄인의 방패

중형 방패

◆히터 실드

◆뒤집힌 매 히터 실드

◆푸른 문양 히터 실드

◆붉은 문양 히터 실드

◆일식 문양 히터 실드

◆짐승 문양 히터 실드

◆카이트 실드

◆청금의 카이트 실드

◆쌍조의 카이트 실드

◆전갈의 카이트 실드

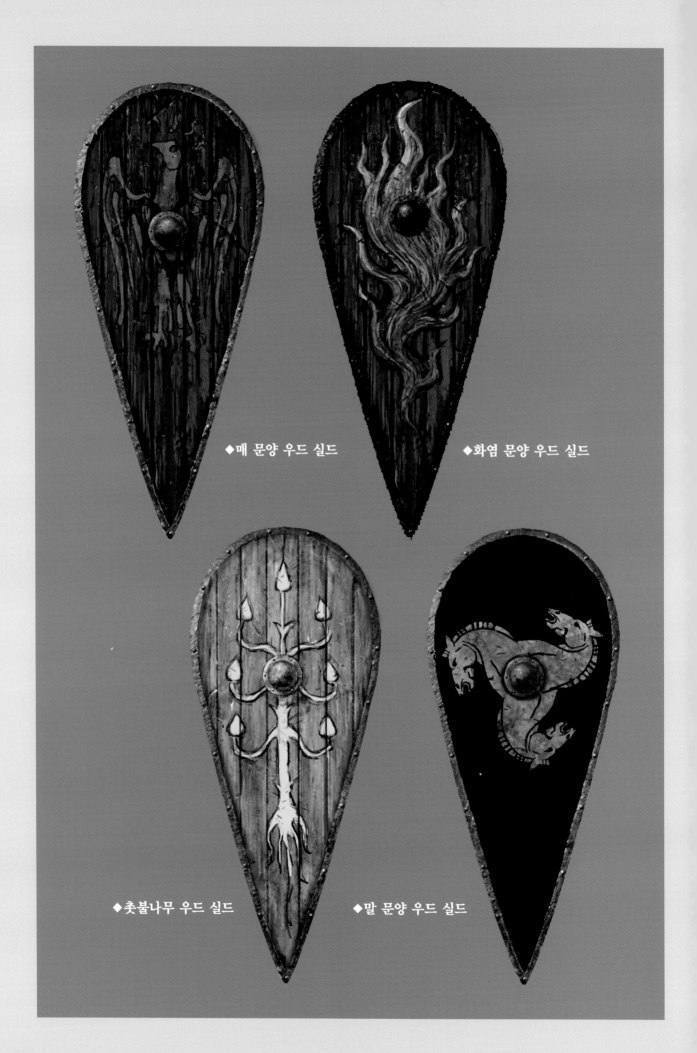

◆매 문양 우드 실드

◆화염 문양 우드 실드

◆촛불나무 우드 실드

◆말 문양 우드 실드

◆라지 레더 실드

◆블랙 레더 실드

◆땅 잃은 기사의 방패

 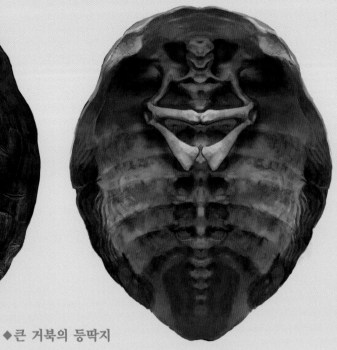

◆큰 거북의 등딱지

◆카리아의 기사 방패   ◆수인의 항아리 방패

◆용의 타워 실드

◆성관의 타워 실드

◆뒤집힌 매 타워 실드

◆교차수 타워 실드

◆외눈 방패

◆안면 방패

◆명가의 대형 방패

◆지문석의 방패

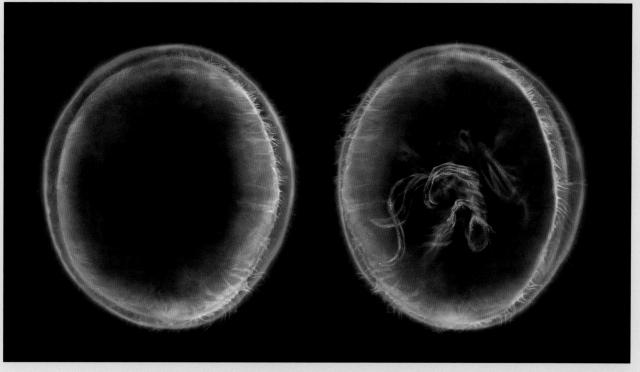

◆해파리의 방패

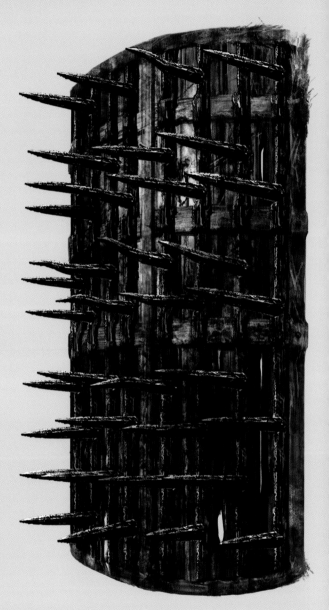

◆압정 벽 방패

◆군주군의 방패

◆신성화의 방패

◆금장 대형 방패

◆황금의 대형 방패

◆붉은 사자의 대형 방패

◆성수 문양 대형 방패

◆뻐꾸기 대형 방패

◆일식 문양 대형 방패

횃불

◆트리나의 등불

◆영혼 불 토치

◆보초의 횃불

제 6 장
인벤토리

Inventory: Item Icons and Others

도구

붉은 물방울의 성배병 붉은 물방울의 성배병 붉은 물방울의 성배병 붉은 물방울의 성배병 푸른 물방울의 성배병

푸른 물방울의 성배병 푸른 물방울의 성배병 푸른 물방울의 성배병 영약의 성배병 영약의 성배병

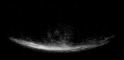

축복의 기억 영마의 손가락 피리 영마의 손가락 피리 룬의 호 별빛 조각

독 이끼약 부패 이끼약 출혈 이끼약 동상 이끼약 수면 이끼약

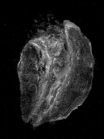
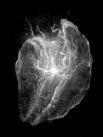

발광 이끼약 죽음 이끼약 항마의 말린 간 항염의 말린 간 항뢰의 말린 간

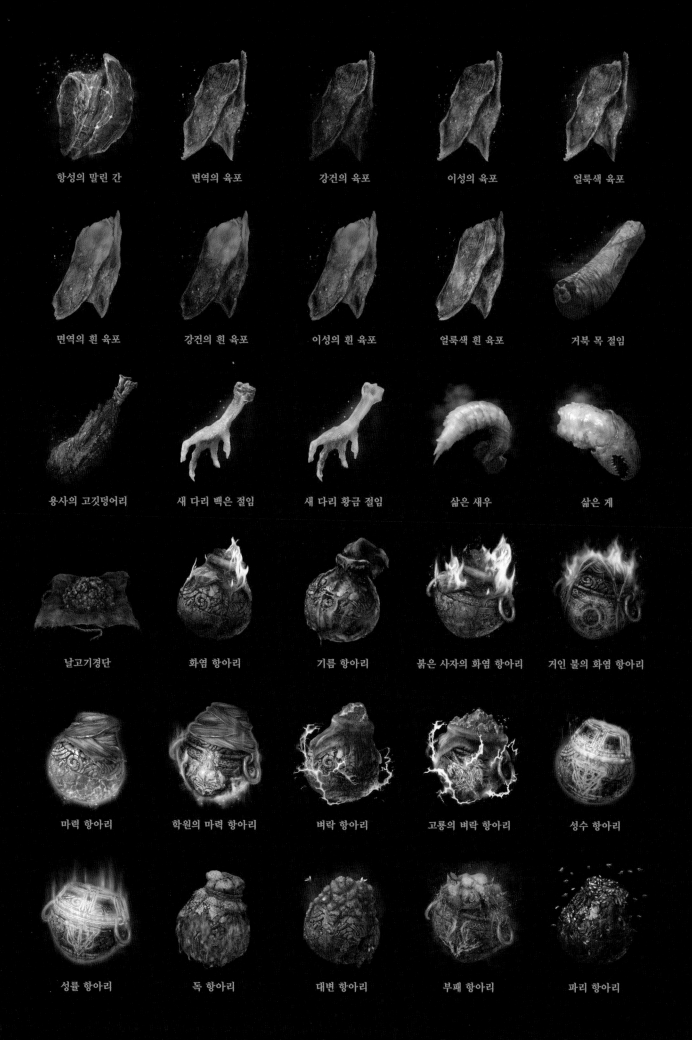

항성의 말린 간	면역의 육포	강건의 육포	이성의 육포	얼룩색 육포
면역의 흰 육포	강건의 흰 육포	이성의 흰 육포	얼룩색 흰 육포	거북 목 절임
용사의 고깃덩어리	새 다리 백은 절임	새 다리 황금 절임	삶은 새우	삶은 게
날고기경단	화염 항아리	기름 항아리	붉은 사자의 화염 항아리	거인 불의 화염 항아리
마력 항아리	학원의 마력 항아리	벼락 항아리	고룡의 벼락 항아리	성수 항아리
성률 항아리	독 항아리	대변 항아리	부패 항아리	파리 항아리

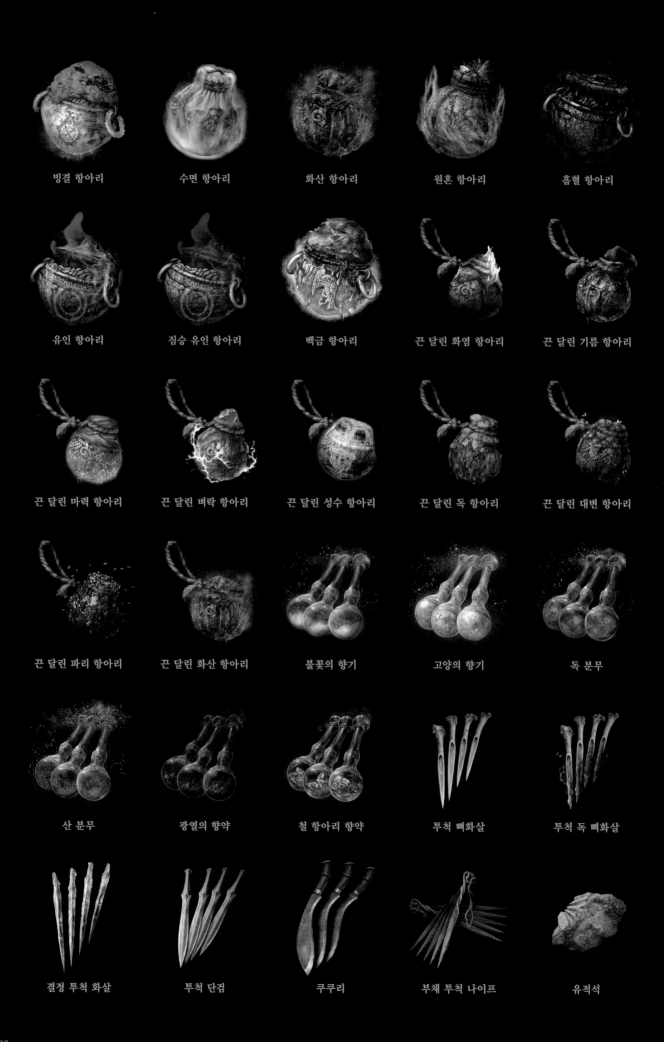

빙결 항아리	수면 항아리	화산 항아리	원혼 항아리	흡혈 항아리
유인 항아리	짐승 유인 항아리	백금 항아리	끈 달린 화염 항아리	끈 달린 기름 항아리
끈 달린 마력 항아리	끈 달린 벼락 항아리	끈 달린 성수 항아리	끈 달린 독 항아리	끈 달린 대변 항아리
끈 달린 파리 항아리	끈 달린 화산 항아리	불꽃의 향기	고양의 향기	독 분무
산 분무	광열의 향약	철 항아리 향약	투척 뼈화살	투척 독 뼈화살
결정 투척 화살	투척 단검	쿠쿠리	부채 투척 나이프	유적석

326

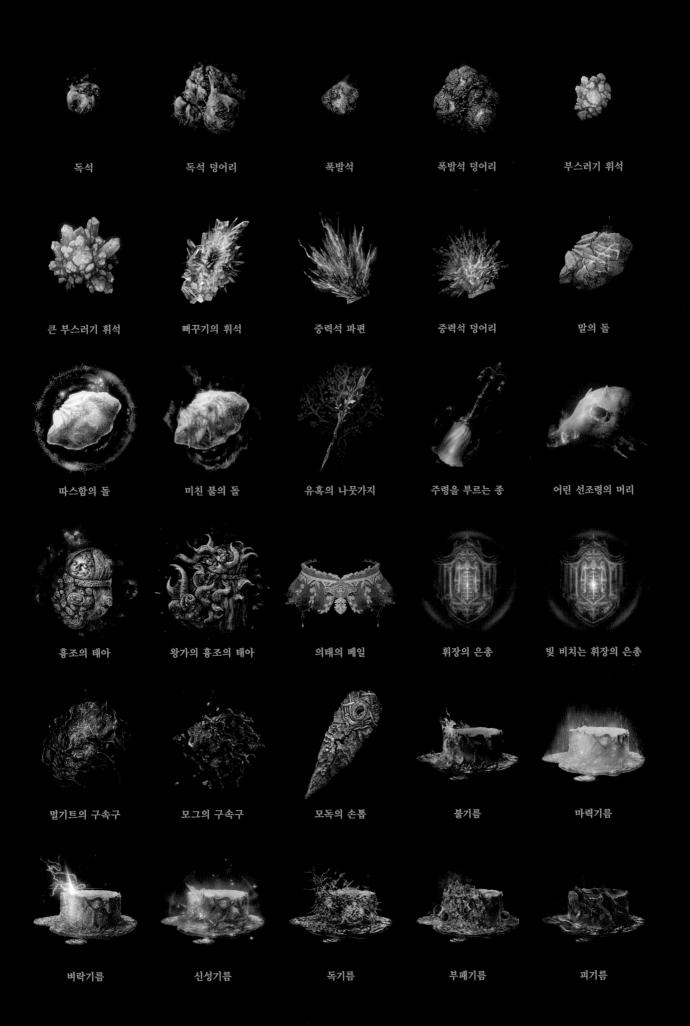

독석   독석 덩어리   폭발석   폭발석 덩어리   부스러기 휘석

큰 부스러기 휘석   뻐꾸기의 휘석   중력석 파편   중력석 덩어리   말의 돌

따스함의 돌   미친 불의 돌   유혹의 나뭇가지   주령을 부르는 종   어린 선조령의 머리

흉조의 태아   왕가의 흉조의 태아   의태의 베일   휘장의 은총   빛 비치는 휘장의 은총

멀기트의 구속구   모그의 구속구   모독의 손톱   불기름   마력기름

벼락기름   신성기름   독기름   부패기름   피기름

빙결기름	수면기름	용상기름	방패기름	끈 달린 불기름
끈 달린 마력기름	끈 달린 벼락기름	끈 달린 신성기름	끈 달린 독기름	끈 달린 부패기름
끈 달린 피기름	끈 달린 수면기름	로어 레이즌	스위트 레이즌	프로즌 레이즌
무지개석	등불 돌	폭신한 면	비누	유사 축복
유리조각	랜턴	망원경	말하는 머리 "안녕"	말하는 머리 "고마워"
말하는 머리 "미안해"	말하는 머리 "대단해!"	말하는 머리 "도와줘…"	말하는 머리 "사랑해"	말하는 머리 "시작할까?"

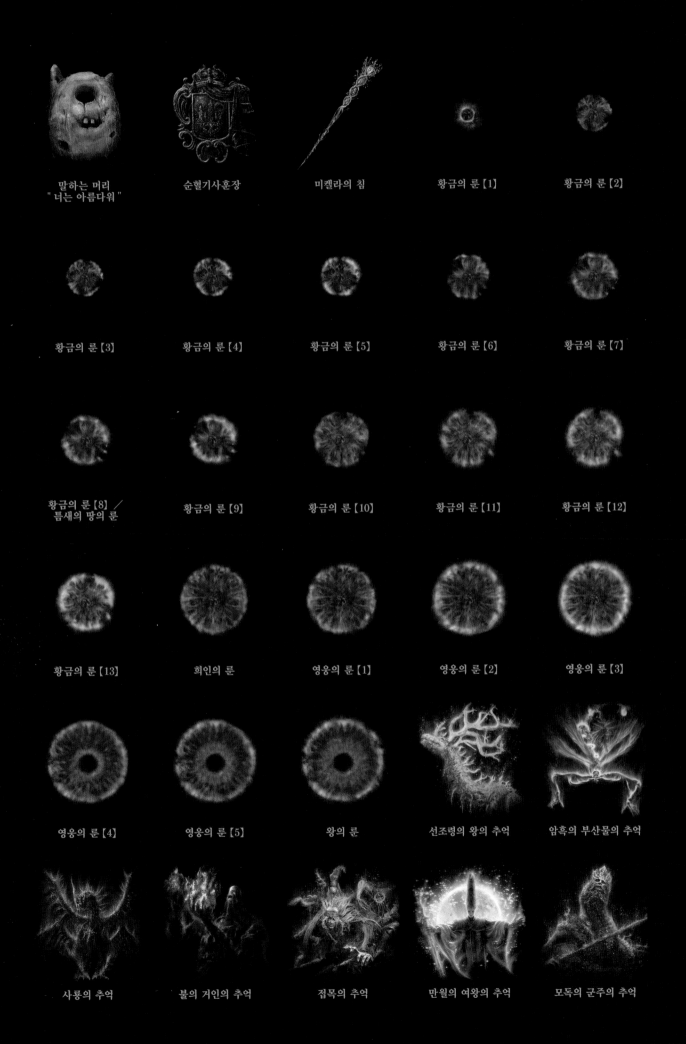

말하는 머리
" 너는 아름다워 "

순혈기사훈장

미켈라의 침

황금의 룬【1】

황금의 룬【2】

황금의 룬【3】

황금의 룬【4】

황금의 룬【5】

황금의 룬【6】

황금의 룬【7】

황금의 룬【8】／
틈새의 땅의 룬

황금의 룬【9】

황금의 룬【10】

황금의 룬【11】

황금의 룬【12】

황금의 룬【13】

희인의 룬

영웅의 룬【1】

영웅의 룬【2】

영웅의 룬【3】

영웅의 룬【4】

영웅의 룬【5】

왕의 룬

선조령의 왕의 추억

암흑의 부산물의 추억

사룡의 추억

불의 거인의 추억

접목의 추억

만월의 여왕의 추억

모독의 군주의 추억

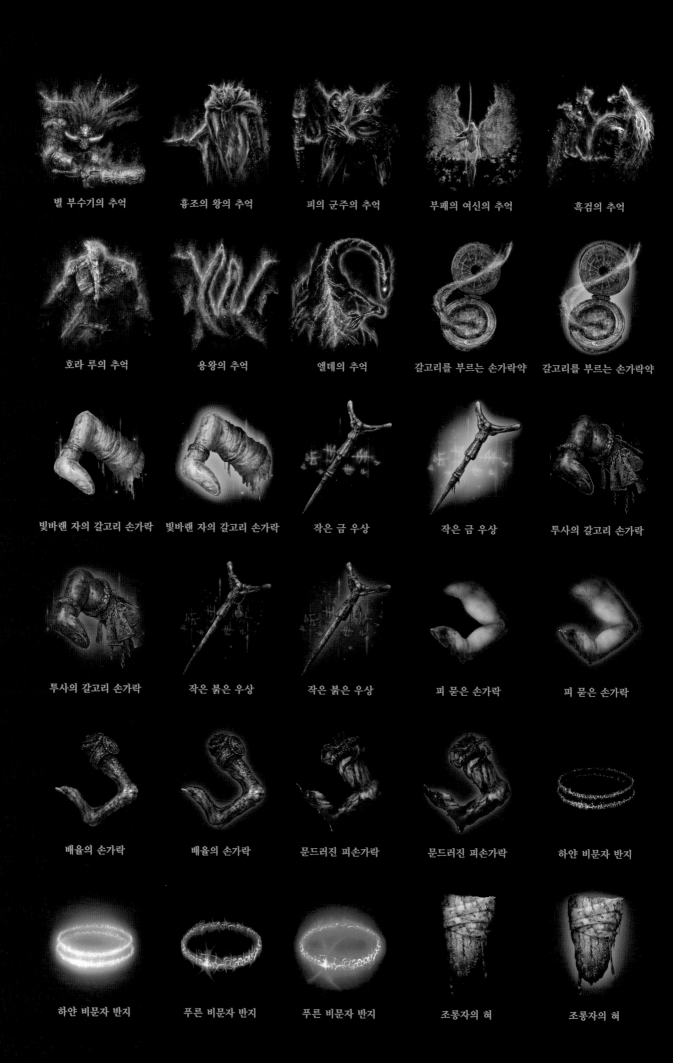

별 부수기의 추억   홍조의 왕의 추억   피의 군주의 추억   부패의 여신의 추억   흑검의 추억

호라 루의 추억   용왕의 추억   엘데의 추억   갈고리를 부르는 손가락약   갈고리를 부르는 손가락약

빛바랜 자의 갈고리 손가락   빛바랜 자의 갈고리 손가락   작은 금 우상   작은 금 우상   투사의 갈고리 손가락

투사의 갈고리 손가락   작은 붉은 우상   작은 붉은 우상   피 묻은 손가락   피 묻은 손가락

배율의 손가락   배율의 손가락   문드러진 피손가락   문드러진 피손가락   하얀 비문자 반지

하얀 비문자 반지   푸른 비문자 반지   푸른 비문자 반지   조롱자의 혀   조롱자의 혀

손가락 끊기

빛바랜 자의 늙은 손가락

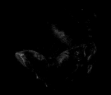

피손가락의 환영

문드러진 피손가락의 환영

배율 손가락의 환영

거대한 룬의 환영

제6장 제2절
뼛가루

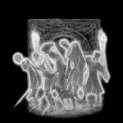

헤매는 귀인의 뼛가루

귀인 마술사의 뼛가루

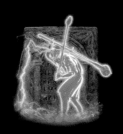

방랑 민족의 뼛가루

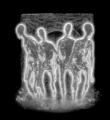

부패한 망자의 뼛가루

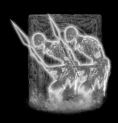

민병 스켈레톤의 뼛가루

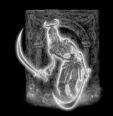

산적 스켈레톤의 뼛가루

백금의 사람의 뼛가루

날개 혼종의 뼛가루

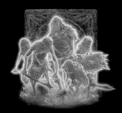

아인단의 뼛가루

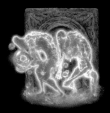

진흙인간의 뼛가루

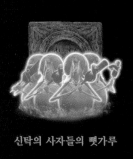

신탁의 사자들의 뼛가루

낙오된 늑대의 뼛가루

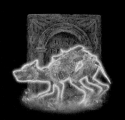

썩은 들개의 뼛가루

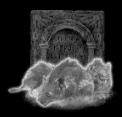

큰쥐의 뼛가루

전쟁매의 뼛가루

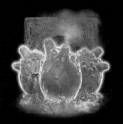

육지멍게의 뼛가루

영혜파리의 뼛가루

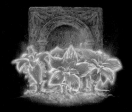

작은 미란다의 뼛가루

아귀 임프의 뼛가루

특공대의 뼛가루

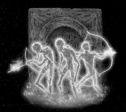

궁병의 뼛가루

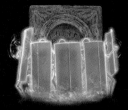

대형 방패병의 뼛가루

시종의 뼛가루

천한 병사의 뼛가루

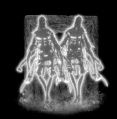

인형 병사의 뼛가루

새 인형 병사의 뼛가루

카이덴 용병의 뼛가루

호박 광병의 뼛가루

불의 승병의 뼛가루

선조령의 백성의 뼛가루

아즈라 수인의 뼛가루

뱀인간의 뼛가루

결정인의 뼛가루

부패의 권속의 뼛가루

휘석 마술사의 뼛가루

쌍현 마술사의 뼛가루

고드릭 병사의 뼛가루

레아 루카리아 병사의
뼛가루

로데일 병사의 뼛가루

라단 병사의 뼛가루

 성수 병사의 뺏가루

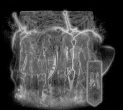 영묘 병사의 뺏가루

 폭풍 매 디네

 땅 잃은 기사 오레그

 땅 잃은 기사 잉바르

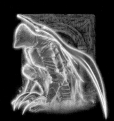 사냥개기사 플로

 전쟁마술사 유그

 백금의 라티나

 조향사 트리샤

 타락조향사 카르만

 흙조잡이 로로

 흑염 승병 아몬

 고룡 기사 크리스토프

 적사자기사 오우가

 목 없는 기사 루텔

 귀부기사 핀레이

 검은 칼날 티시

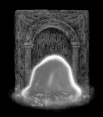 화신의 물방울의 뺏가루

 손가락 무녀 사로리나의 꼭두각시

 항아리 남자의 꼭두각시

 잠의 화살 돌로레스의 꼭두각시

 네펠리 루의 꼭두각시

 대변 먹는 자의 꼭두각시

 밤 무녀와 검사 꼭두각시

제6장 제3절
아이템 · 제작 소재

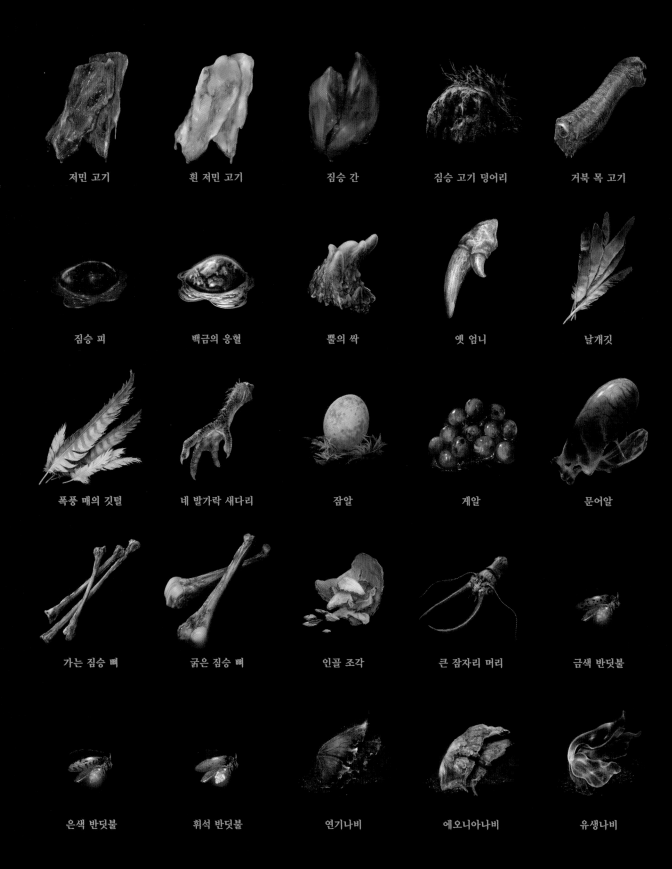

저민 고기	흰 저민 고기	짐승 간	짐승 고기 덩어리	거북 목 고기
짐승 피	백금의 응혈	뿔의 싹	옛 엄니	날개깃
폭풍 매의 깃털	네 발가락 새다리	잠알	게알	문어알
가는 짐승 뼈	굵은 짐승 뼈	인골 조각	큰 잠자리 머리	금색 반딧불
은색 반딧불	휘석 반딧불	연기나비	에오니아나비	유생나비

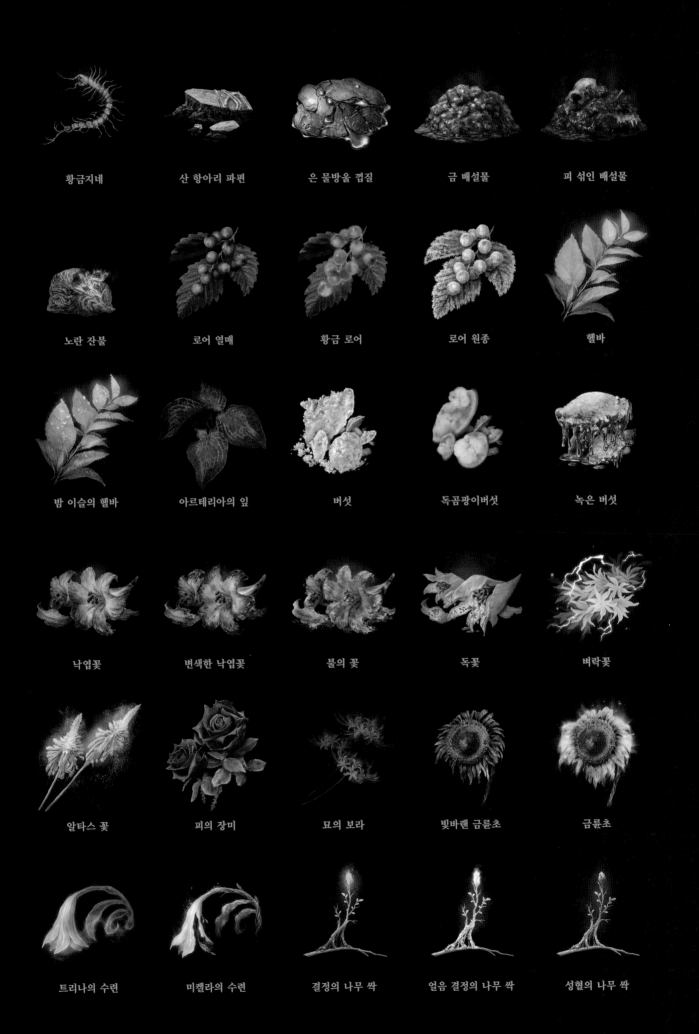

황금지네   산 항아리 파편   은 물방울 껍질   금 배설물   피 섞인 배설물

노란 잔불   로어 열매   황금 로어   로어 원종   헬바

밤 이슬의 헬바   아르테리아의 잎   버섯   독곰팡이버섯   녹은 버섯

낙엽꽃   변색한 낙엽꽃   불의 꽃   독꽃   벼락꽃

알타스 꽃   피의 장미   묘의 보라   빛바랜 금륜초   금륜초

트리나의 수련   미켈라의 수련   결정의 나무 싹   얼음 결정의 나무 싹   성혈의 나무 싹

| 이엘로의 눈동자 | 미란다 파우더 | 뿌리기름 | 동굴이끼 | 동굴이끼 꽃눈 |

| 동굴이끼 결정 | 끈 | 신전석 | 망가진 결정 | 화산석 |

| 의산석 | 조약돌 |

제6장 제4절
강화 소재

| 성배의 물방울 | 황금 종자 | 단석【1】 | 단석【2】 | 단석【3】 |

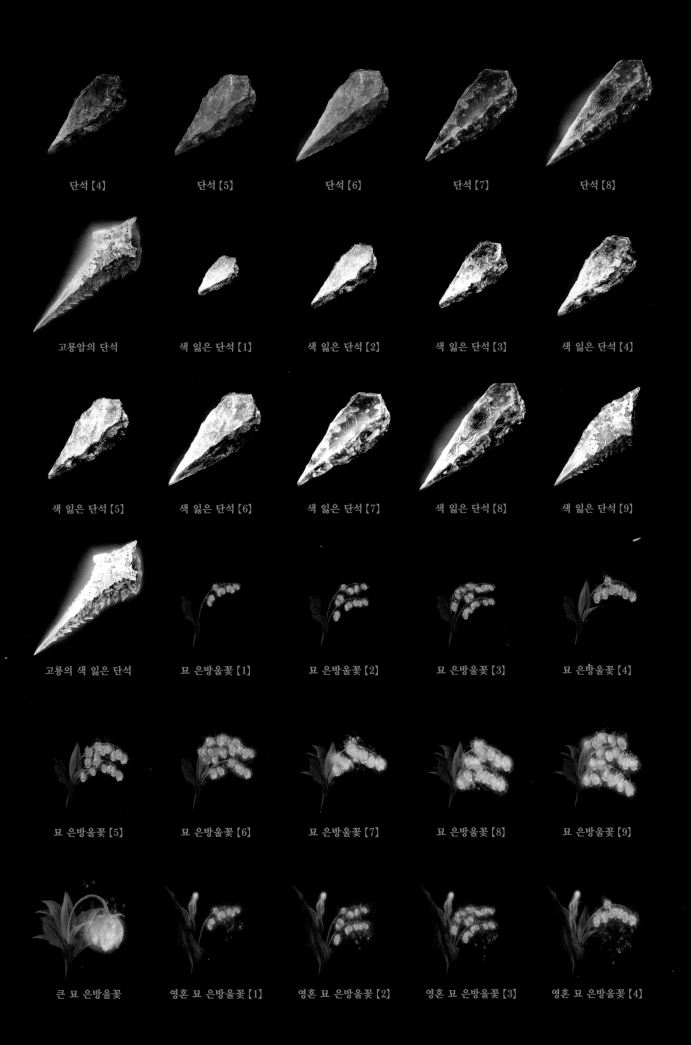

단석【4】　　단석【5】　　단석【6】　　단석【7】　　단석【8】

고룡암의 단석　색 잃은 단석【1】　색 잃은 단석【2】　색 잃은 단석【3】　색 잃은 단석【4】

색 잃은 단석【5】　색 잃은 단석【6】　색 잃은 단석【7】　색 잃은 단석【8】　색 잃은 단석【9】

고룡의 색 잃은 단석　묘 은방울꽃【1】　묘 은방울꽃【2】　묘 은방울꽃【3】　묘 은방울꽃【4】

묘 은방울꽃【5】　묘 은방울꽃【6】　묘 은방울꽃【7】　묘 은방울꽃【8】　묘 은방울꽃【9】

큰 묘 은방울꽃　영혼 묘 은방울꽃【1】　영혼 묘 은방울꽃【2】　영혼 묘 은방울꽃【3】　영혼 묘 은방울꽃【4】

영혼 묘 은방울꽃【5】

영혼 묘 은방울꽃【6】

영혼 묘 은방울꽃【6】

영혼 묘 은방울꽃【8】

영혼 묘 은방울꽃【9】

큰 영혼 묘 은방울꽃

제6장 제5절
귀중품

붉은 결정 물방울

붉은 결정 물방울

넘친 붉은 결정 물방울

샘솟는 붉은 결정 물방울

푸른 결정 물방울

푸른 결정 물방울

넘친 초록 결정 물방울

샘솟는 초록 결정 물방울

근력의 흑 결정 물방울

기량의 흑 결정 물방울

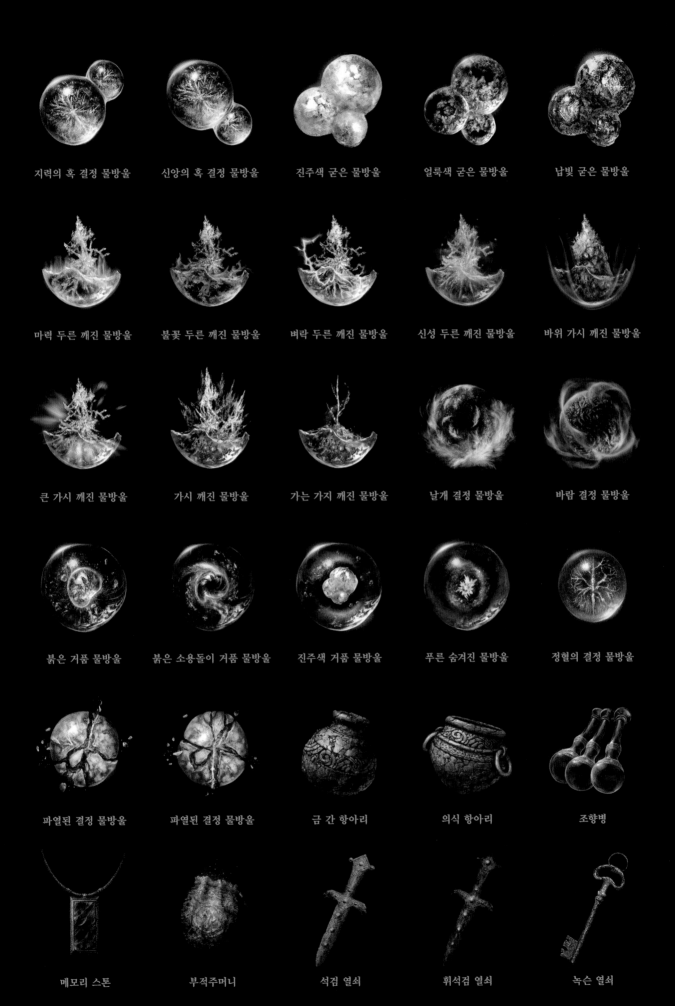

지력의 혹 결정 물방울   신앙의 혹 결정 물방울   진주색 굳은 물방울   얼룩색 굳은 물방울   납빛 굳은 물방울

마력 두른 깨진 물방울   불꽃 두른 깨진 물방울   벼락 두른 깨진 물방울   신성 두른 깨진 물방울   바위 가시 깨진 물방울

큰 가시 깨진 물방울   가시 깨진 물방울   가는 가지 깨진 물방울   날개 결정 물방울   바람 결정 물방울

붉은 거품 물방울   붉은 소용돌이 거품 물방울   진주색 거품 물방울   푸른 숨겨진 물방울   정혈의 결정 물방울

파열된 결정 물방울   파열된 결정 물방울   금 간 항아리   의식 항아리   조향병

메모리 스톤   부적주머니   석검 열쇠   휘석검 열쇠   녹슨 열쇠

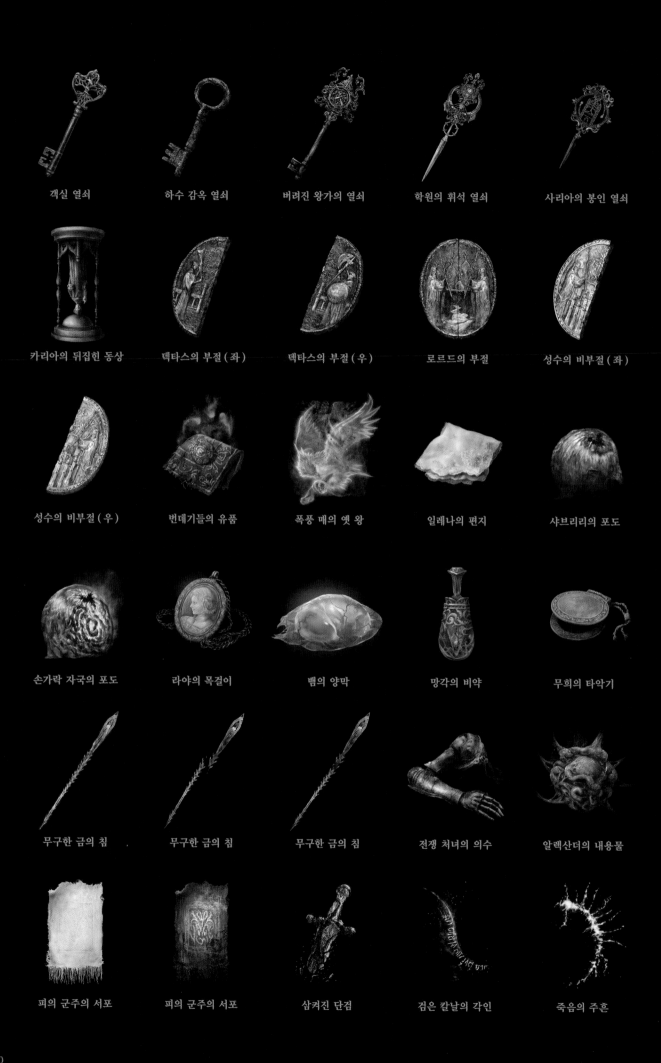

객실 열쇠 하수 감옥 열쇠 버려진 왕가의 열쇠 학원의 휘석 열쇠 사리아의 봉인 열쇠

카리아의 뒤집힌 동상 텍타스의 부절 (좌) 텍타스의 부절 (우) 로르드의 부절 성수의 비부절 (좌)

성수의 비부절 (우) 번데기들의 유품 폭풍 매의 옛 왕 일레나의 편지 샤브리리의 포도

손가락 자국의 포도 라야의 목걸이 뱀의 양막 망각의 비약 무희의 타악기

무구한 금의 침 무구한 금의 침 무구한 금의 침 전쟁 처녀의 의수 알렉산더의 내용물

피의 군주의 서포 피의 군주의 서포 삼켜진 단검 검은 칼날의 각인 죽음의 주흔

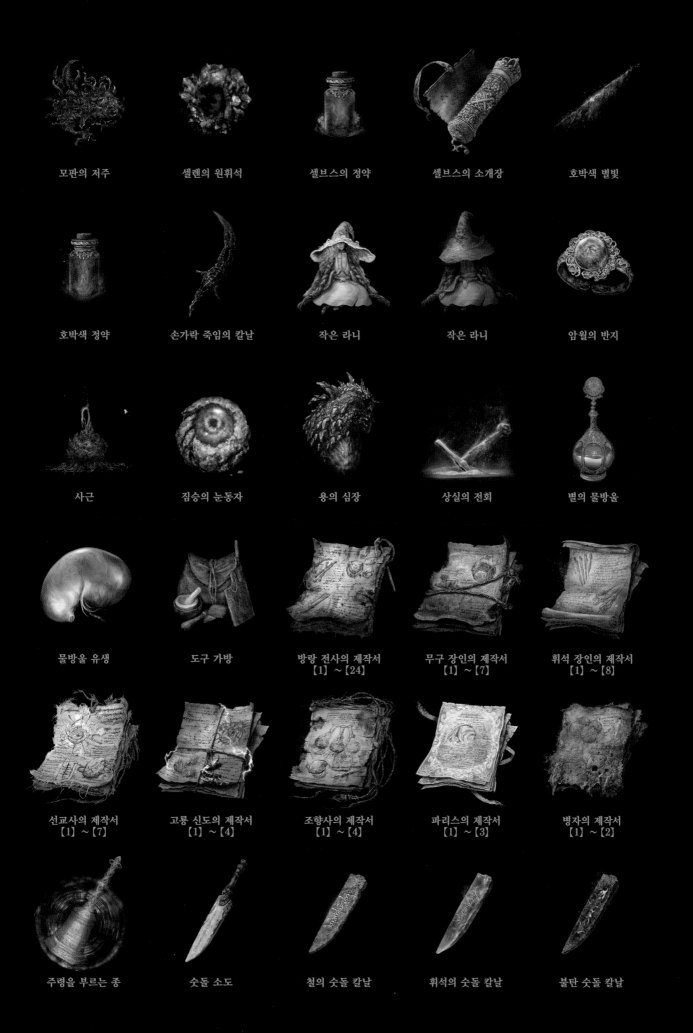

모판의 저주

셀렌의 원휘석

셀브스의 정약

셀브스의 소개장

호박색 별빛

호박색 정약

손가락 죽임의 칼날

작은 라니

작은 라니

암월의 반지

사근

짐승의 눈동자

용의 심장

상실의 전회

별의 물방울

물방울 유생

도구 가방

방랑 전사의 제작서
【1】 ~ 【24】

무구 장인의 제작서
【1】 ~ 【7】

휘석 장인의 제작서
【1】 ~ 【8】

선교사의 제작서
【1】 ~ 【7】

고룡 신도의 제작서
【1】 ~ 【4】

조향사의 제작서
【1】 ~ 【4】

파리스의 제작서
【1】 ~ 【3】

병자의 제작서
【1】 ~ 【2】

주령을 부르는 종

숫돌 소도

철의 숫돌 칼날

휘석의 숫돌 칼날

불탄 숫돌 칼날

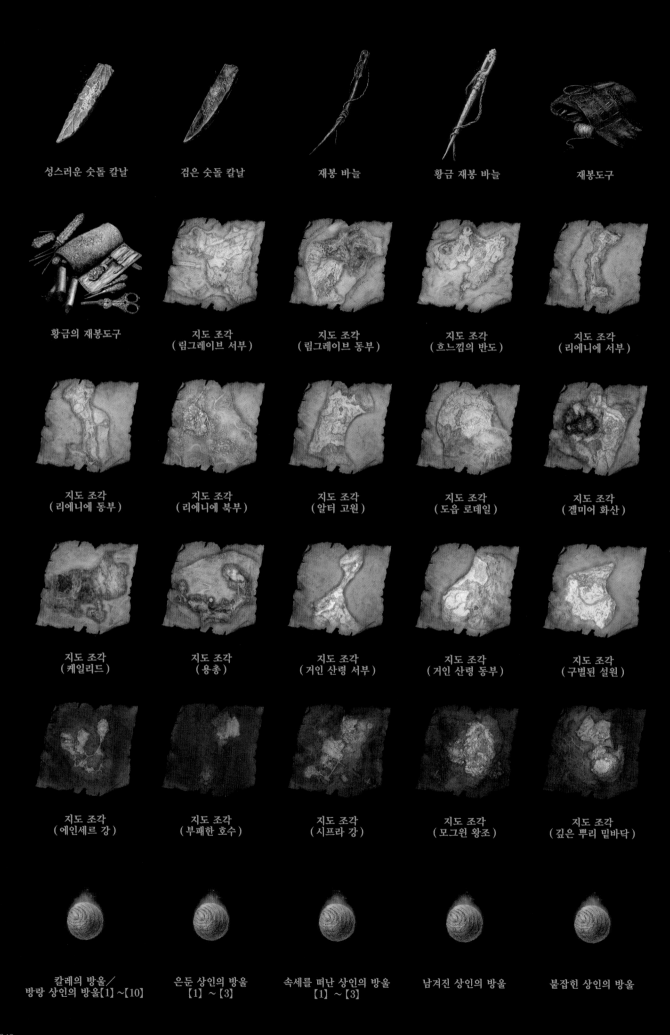

성스러운 숫돌 칼날　　검은 숫돌 칼날　　재봉 바늘　　황금 재봉 바늘　　재봉도구

황금의 재봉도구

지도 조각
(림그레이브 서부)

지도 조각
(림그레이브 동부)

지도 조각
(흐느낌의 반도)

지도 조각
(리에니에 서부)

지도 조각
(리에니에 동부)

지도 조각
(리에니에 북부)

지도 조각
(알터 고원)

지도 조각
(도읍 로데일)

지도 조각
(젤미어 화산)

지도 조각
(케일리드)

지도 조각
(용총)

지도 조각
(거인 산령 서부)

지도 조각
(거인 산령 동부)

지도 조각
(구별된 설원)

지도 조각
(에인세르 강)

지도 조각
(부패한 호수)

지도 조각
(시프라 강)

지도 조각
(모그윈 왕조)

지도 조각
(깊은 뿌리 밑바닥)

칼레의 방울／
방랑 상인의 방울【1】~【10】

은둔 상인의 방울
【1】~【3】

속세를 떠난 상인의 방울
【1】~【3】

남겨진 상인의 방울

붙잡힌 상인의 방울

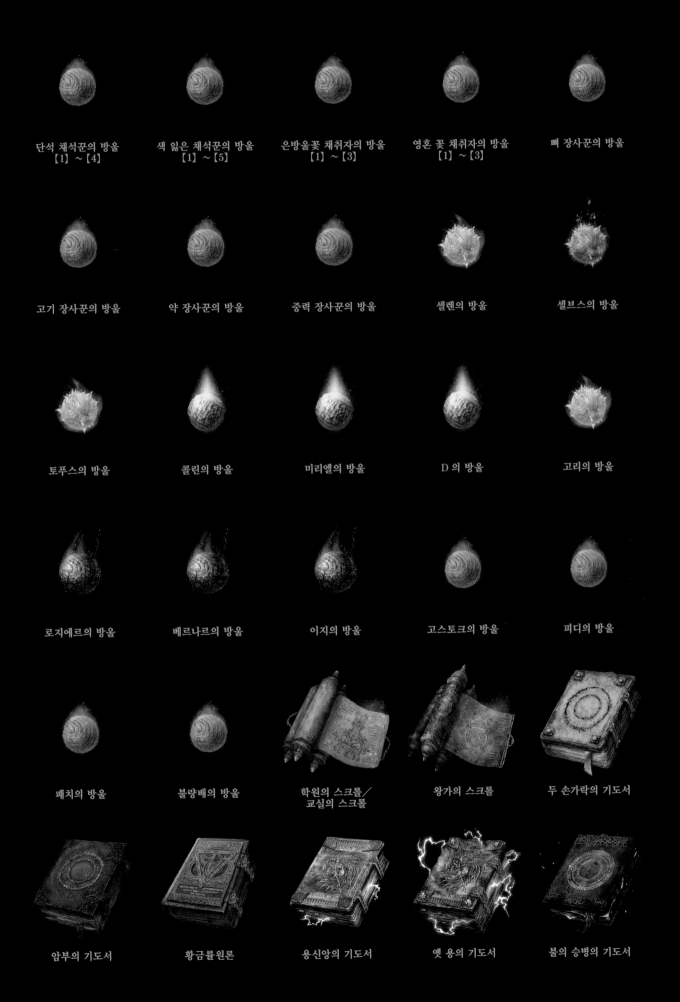

단석 채석꾼의 방울
【1】~【4】

색 잃은 채석꾼의 방울
【1】~【5】

은방울꽃 채취자의 방울
【1】~【3】

영혼 꽃 채취자의 방울
【1】~【3】

뼈 장사꾼의 방울

고기 장사꾼의 방울

약 장사꾼의 방울

중력 장사꾼의 방울

셀렌의 방울

셀브스의 방울

토푸스의 방울

콜린의 방울

미리엘의 방울

D의 방울

고리의 방울

로지에르의 방울

베르나르의 방울

이지의 방울

고스토크의 방울

피디의 방울

패치의 방울

불량배의 방울

학원의 스크롤／
교실의 스크롤

왕가의 스크롤

두 손가락의 기도서

암부의 기도서

황금률원론

용신앙의 기도서

옛 용의 기도서

불의 승병의 기도서

거인의 기도서

신의 살갗의 기도서

제6장 제6절
마술

휘석 돌팔매

휘석 빠른 돌팔매

휘석 큰 돌팔매

휘석의 혜성

별똥별

소용돌이 돌팔매

휘석의 유성

유성군

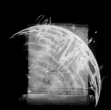
휘석의 아크

결정 연탄

결정 산탄

하이마의 포탄

하이마의 대형 망치

암반 부수기

암반 발파

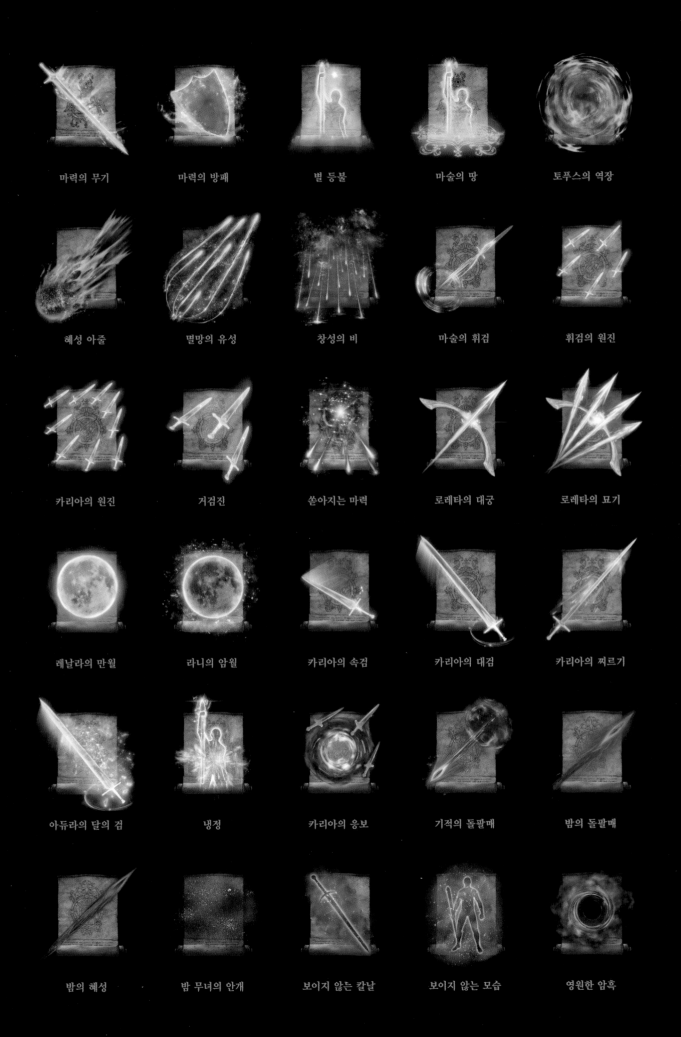

마력의 무기	마력의 방패	별 등불	마술의 땅	토푸스의 역장
혜성 아줄	멸망의 유성	창성의 비	마술의 휘검	휘검의 원진
카리아의 원진	거검진	쏟아지는 마력	로레타의 대궁	로레타의 묘기
레날라의 만월	라니의 암월	카리아의 속검	카리아의 대검	카리아의 찌르기
아듀라의 달의 검	냉정	카리아의 응보	기적의 돌팔매	밤의 돌팔매
밤의 혜성	밤 무녀의 안개	보이지 않는 칼날	보이지 않는 모습	영원한 암흑

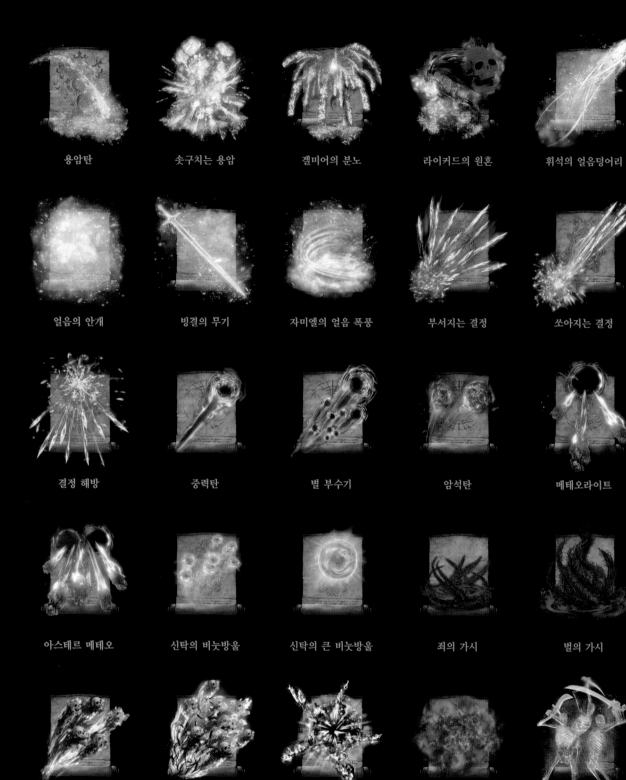

용암탄　　솟구치는 용암　　갤미어의 분노　　라이커드의 원혼　　휘석의 얼음덩어리

얼음의 안개　　빙결의 무기　　자미엘의 얼음 폭풍　　부서지는 결정　　쏘아지는 결정

결정 해방　　중력탄　　별 부수기　　암석탄　　메테오라이트

아스테르 메테오　　신탁의 비눗방울　　신탁의 큰 비눗방울　　죄의 가시　　벌의 가시

원혼 부르기　　옛 죽음의 영혼　　폭발하는 영혼 화염　　피아의 안개　　티비아의 부름

제6장 제7절
기도

성급한 회복   회복   대 회복   왕의 회복   독의 치유

왕의 치유   마력 방호   화염 방호   벼락 방호   신성 방호

왕의 신성 방호   거절   그림자 보내기   어둠   암부의 보법

황금 나무에 맹세코   황금의 마력 방호   황금의 벼락 방호   황금 나무의 수호   황금의 분노

황금 나무의 회복   은혜의 축복   황금 나무의 은혜   도가니의 모습 / 후대   도가니의 모습 / 꼬리

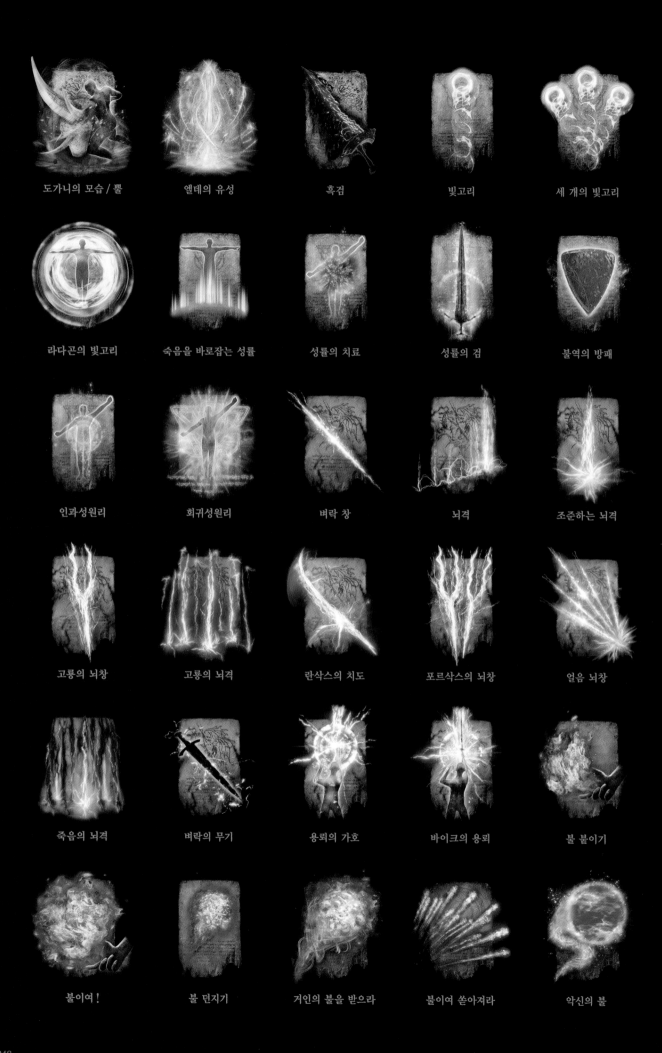

도가니의 모습 / 뿔	엘데의 유성	흑검	빛고리	세 개의 빛고리
라다곤의 빛고리	숙음을 바로잡는 성률	성률의 치료	성률의 검	불역의 방패
인과성원리	회귀성원리	벼락 창	뇌격	조준하는 뇌격
고룡의 뇌창	고룡의 뇌격	란삭스의 치도	포르삭스의 뇌창	얼음 뇌창
죽음의 뇌격	벼락의 무기	용뢰의 가호	바이크의 용뢰	불 붙이기
불이여!	불 던지기	거인의 불을 받으라	불이여 쏟아져라	악신의 불

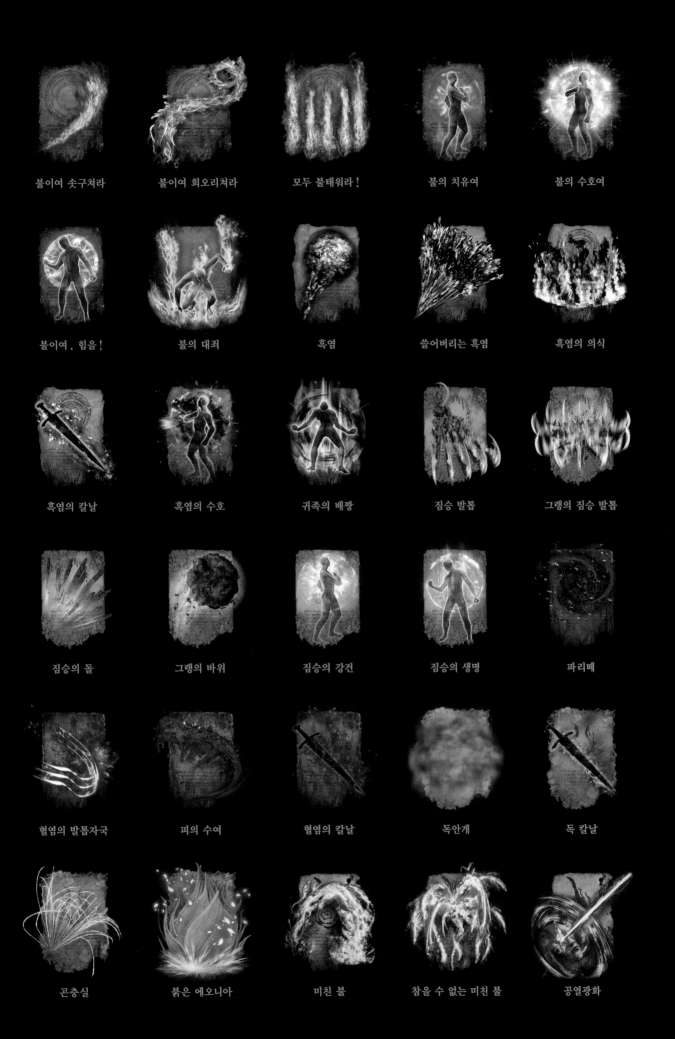

불이여 솟구쳐라	불이여 회오리쳐라	모두 불태워라 !	불의 치유여	불의 수호여
불이여 , 힘을 !	불의 대죄	흑염	쓸어버리는 흑염	흑염의 의식
흑염의 칼날	흑염의 수호	귀족의 배짱	짐승 발톱	그랭의 짐승 발톱
짐승의 돌	그랭의 바위	짐승의 강건	짐승의 생명	파리떼
혈염의 발톱자국	피의 수여	혈염의 칼날	독안개	독 칼날
곤충실	붉은 에오니아	미친 불	참을 수 없는 미친 불	공열광화

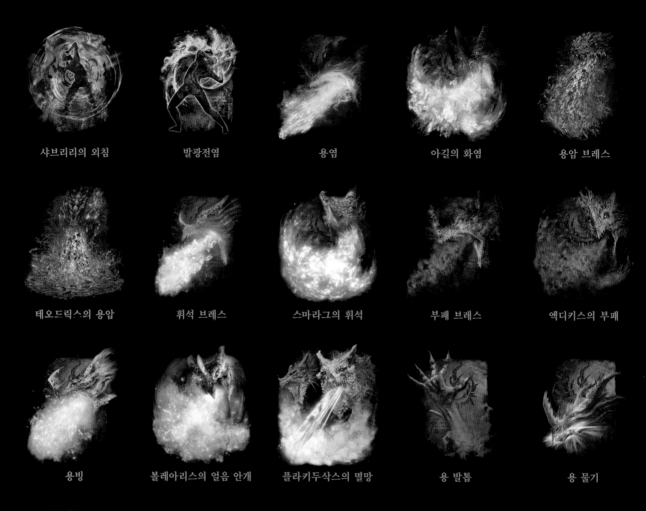

샤브리리의 외침	발광전염	용염	아길의 화염	용암 브레스
테오드릭스의 용암	휘석 브레스	스마라그의 휘석	부패 브레스	엑디키스의 부패
용빙	볼레아리스의 얼음 안개	플라키두삭스의 멸망	용 발톱	용 물기

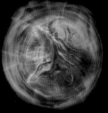

그레이오르의 포효

전회

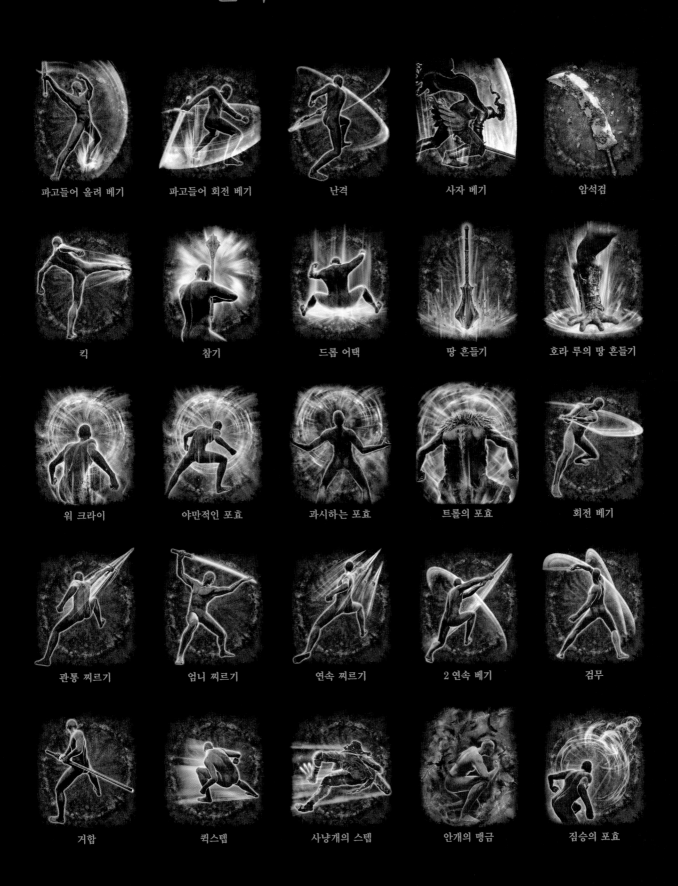

파고들어 올려 베기	파고들어 회전 베기	난격	사자 베기	암석검
킥	참기	드롭 어택	땅 흔들기	호라 루의 땅 흔들기
워 크라이	야만적인 포효	과시하는 포효	트롤의 포효	회전 베기
관통 찌르기	엄니 찌르기	연속 찌르기	2 연속 베기	검무
거합	퀵스텝	사냥개의 스텝	안개의 맹금	짐승의 포효

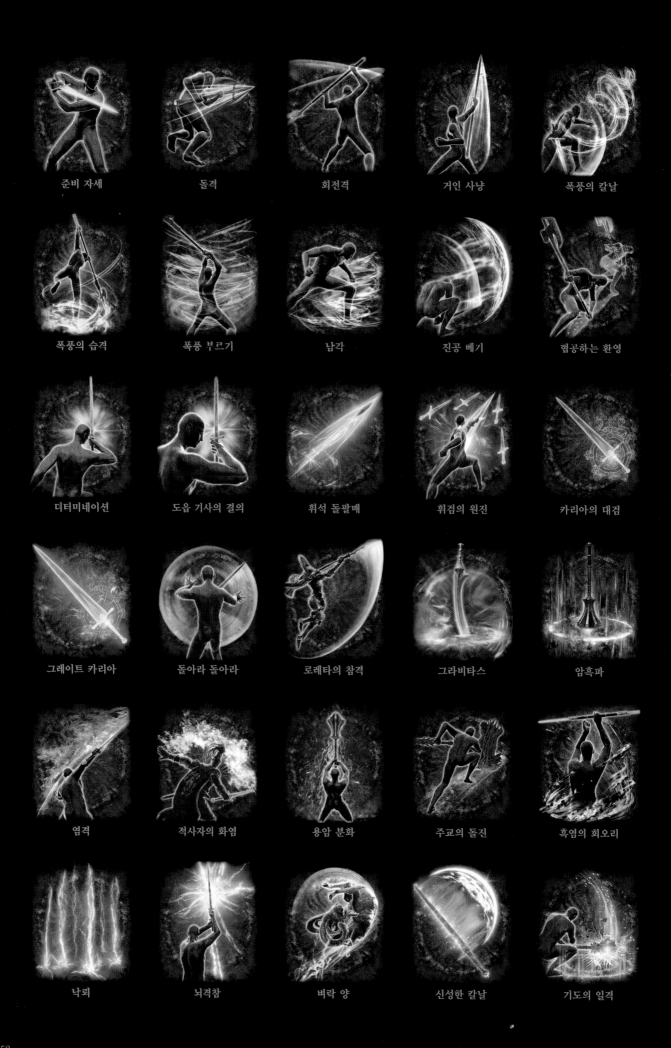

준비 자세	돌격	회전격	거인 사냥	폭풍의 칼날
폭풍의 습격	폭풍 부르기	남각	진공 베기	협공하는 환영
디터미네이션	도읍 기사의 결의	휘석 돌팔매	휘검의 원진	카리아의 대검
그레이트 카리아	돌아라 돌아라	로레타의 참격	그라비타스	암흑파
염격	적사자의 화염	용암 분화	주교의 돌진	흑염의 회오리
낙뢰	뇌격참	벼락 양	신성한 칼날	기도의 일격

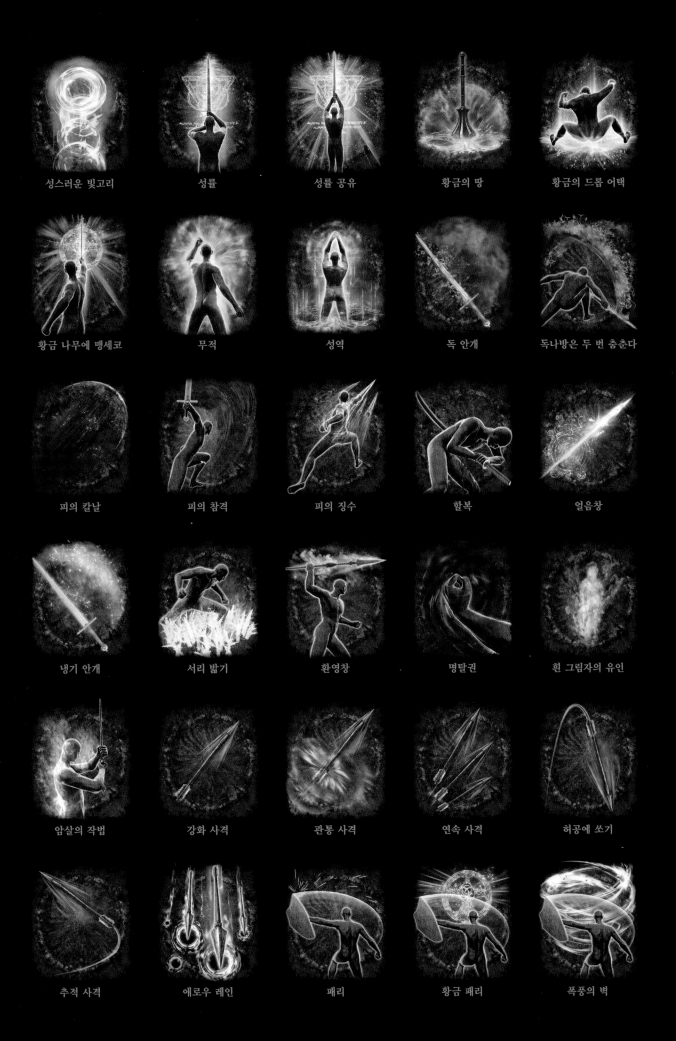

성스러운 빛고리	성률	성률 공유	황금의 땅	황금의 드롭 어택
황금 나무에 맹세코	무적	성역	독 안개	독나방은 두 번 춤춘다
피의 칼날	피의 참격	피의 징수	할복	얼음창
냉기 안개	서리 밟기	환영창	명탈권	흰 그림자의 유인
암살의 작법	강화 사격	관통 사격	연속 사격	허공에 쏘기
추적 사격	애로우 레인	패리	황금 패리	폭풍의 벽

방패 강타

돌격 강타

철벽의 방패

토푸스의 역장

카리아의 앙갚음

전투 기술 없음

화살 · 볼트

뼈 화살

뼈 화살 (깃털)

뼈 마력화살

뼈 마력화살 (깃털)

뼈 불화살

뼈 불화살 (깃털)

뼈 벼락화살

뼈 벼락화살 (깃털)

뼈 신성화살

뼈 신성화살 (깃털)

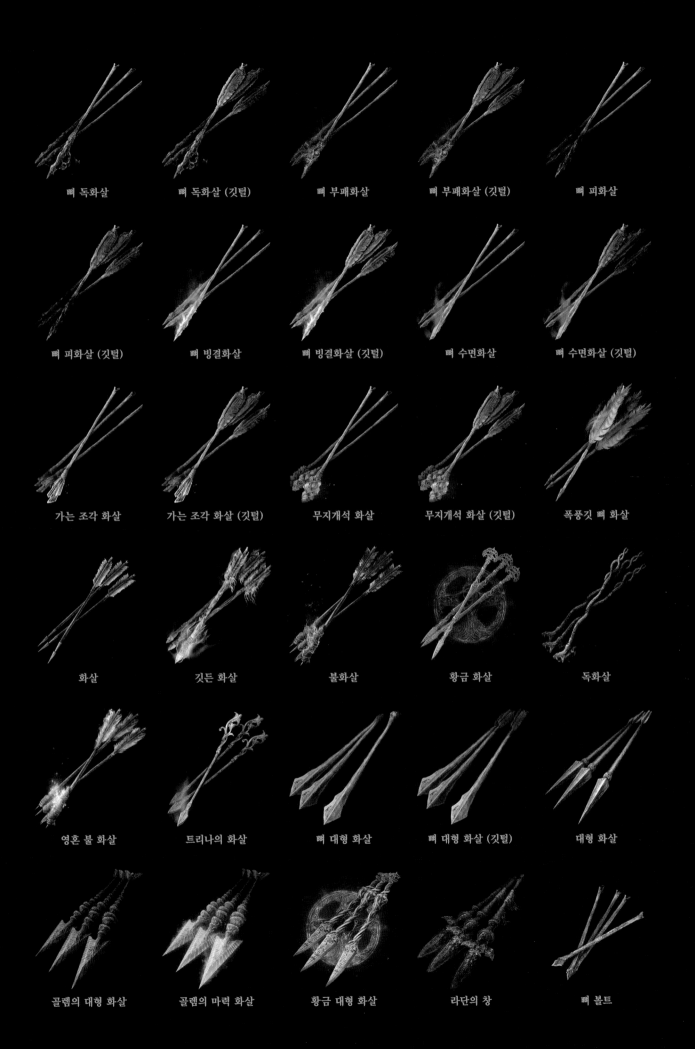

뼈 독화살	뼈 독화살 (깃털)	뼈 부패화살	뼈 부패화살 (깃털)	뼈 피화살
뼈 피화살 (깃털)	뼈 빙결화살	뼈 빙결화살 (깃털)	뼈 수면화살	뼈 수면화살 (깃털)
가는 조각 화살	가는 조각 화살 (깃털)	무지개석 화살	무지개석 화살 (깃털)	폭풍깃 뼈 화살
화살	깃든 화살	불화살	황금 화살	독화살
영혼 불 화살	트리나의 화살	뼈 대형 화살	뼈 대형 화살 (깃털)	대형 화살
골렘의 대형 화살	골렘의 마력 화살	황금 대형 화살	라단의 창	뼈 볼트

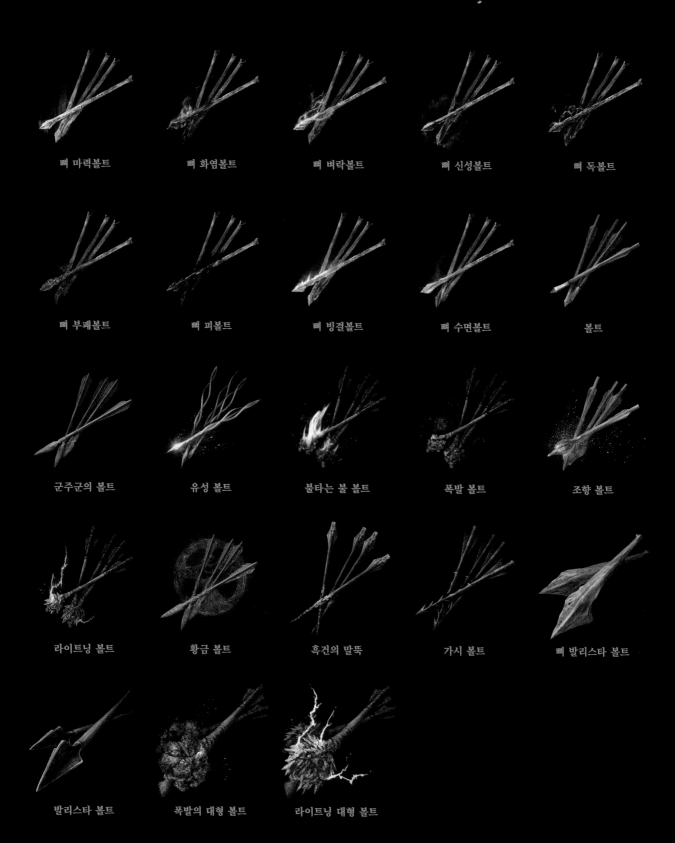

뼈 마력볼트   뼈 화염볼트   뼈 벼락볼트   뼈 신성볼트   뼈 독볼트

뼈 부패볼트   뼈 피볼트   뼈 빙결볼트   뼈 수면볼트   볼트

군주군의 볼트   유성 볼트   불타는 불 볼트   폭발 볼트   조향 볼트

라이트닝 볼트   황금 볼트   흑건의 말뚝   가시 볼트   뼈 발리스타 볼트

발리스타 볼트   폭발의 대형 볼트   라이트닝 대형 볼트

탈리스만

| 붉은 호박 메달리온 | 붉은 호박 메달리온+1 | 붉은 호박 메달리온+2 | 붉은 종자의 탈리스만 | 은혜의 물방울의 탈리스만 |

| 푸른 호박 메달리온 | 푸른 호박 메달리온+1 | 푸른 호박 메달리온+2 | 푸른 종자의 탈리스만 | 녹색 호박 메달리온 |

    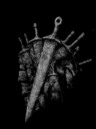

| 녹색 호박 메달리온+1 | 녹색 호박 메달리온+2 | 녹색 거북 탈리스만 | 무구 덩어리 부적 | 무구 덩어리 부적+1 |

    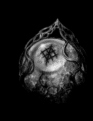

| 큰 항아리의 무구 덩어리 | 황금 나무의 은총 | 황금 나무의 은총+1 | 황금 나무의 은총+2 | 라다곤의 각인 |

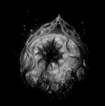 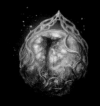  

| 라다곤의 문드러진 각인 | 마리카의 각인 | 마리카의 문드러진 각인 | 별 부수기의 전승 | 의수 검사의 전승 |

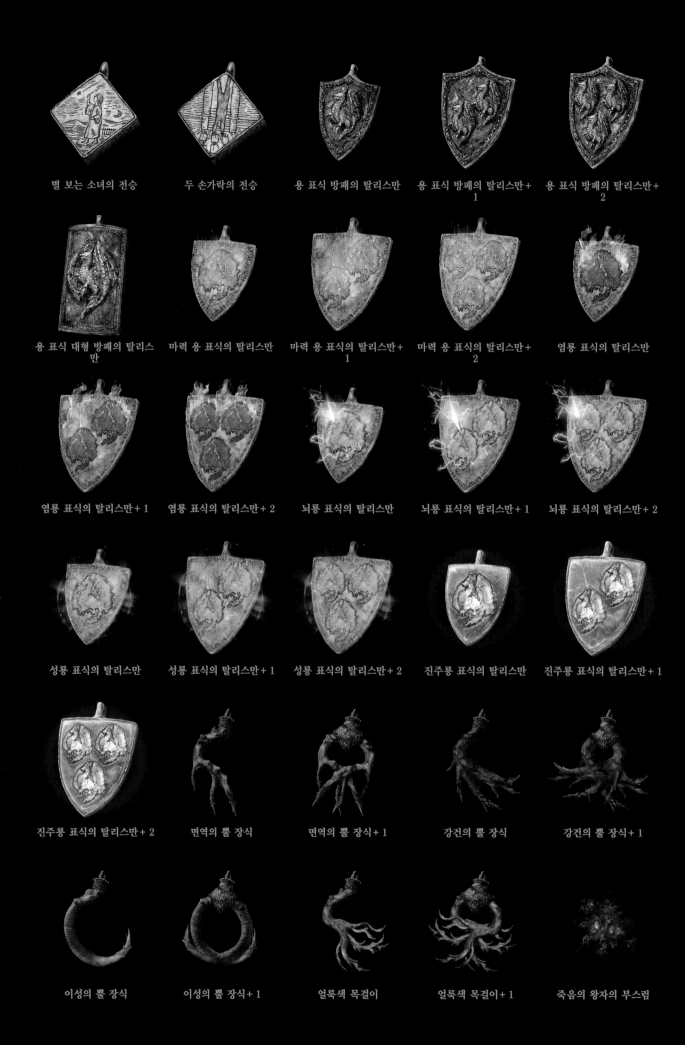

별 보는 소녀의 전승	두 손가락의 전승	용 표식 방패의 탈리스만	용 표식 방패의 탈리스만+1	용 표식 방패의 탈리스만+2
용 표식 대형 방패의 탈리스만	마력 용 표식의 탈리스만	마력 용 표식의 탈리스만+1	마력 용 표식의 탈리스만+2	염룡 표식의 탈리스만
염룡 표식의 탈리스만+1	염룡 표식의 탈리스만+2	뇌룡 표식의 탈리스만	뇌룡 표식의 탈리스만+1	뇌룡 표식의 탈리스만+2
성룡 표식의 탈리스만	성룡 표식의 탈리스만+1	성룡 표식의 탈리스만+2	진주룡 표식의 탈리스만	진주룡 표식의 탈리스만+1
진주룡 표식의 탈리스만+2	면역의 뿔 장식	면역의 뿔 장식+1	강건의 뿔 장식	강건의 뿔 장식+1
이성의 뿔 장식	이성의 뿔 장식+1	얼룩색 목걸이	얼룩색 목걸이+1	죽음의 왕자의 부스럼

죽음의 왕자의 업창

단검의 탈리스만

곡검의 탈리스만

쌍날검의 탈리스만

도끼의 탈리스만

망치의 탈리스만

창의 탈리스만

랜스의 탈리스만

손톱의 탈리스만

대형 방패의 탈리스만

튼튼한 화살의 탈리스만

먼 화살의 탈리스만

마술사 구 탈리스만

마술사 덩어리 탈리스만

신도의 서포

모인 신도의 서포

원휘석 칼날

녹스텔라의 달

옛 왕의 탈리스만

라다곤의 초상

포효의 메달리온

벗 항아리

조향사의 탈리스만

카리아의 휘장

전사 항아리의 파편

알렉산더의 파편

고드프리의 초상

큰 산양 탈리스만

푸른 무희

마력 전갈

화염 전갈	벼락 전갈	신성한 전갈	도가니 비늘의 탈리스만	도가니 날개의 탈리스만
도가니 혹의 탈리스만	붉은 날개 칠지인	푸른 날개 칠지인	봉투검의 탈리스만	봉투방패의 탈리스만
붉은 흉악한 칼날	푸른 흉악한 칼날	유익검의 휘장	부패 익검의 휘장	밀리센트의 의수
신의 살갗의 강보	부패 권속의 환희	피의 군주의 환희	약탈의 카메오	선조령의 뿔
금 스카라베	은 스카라베	크레푸스의 작은 병	몸 가리는 베일	긴 꼬리 고양이 탈리스만
갈고리 손가락의 위장 거울	주인의 위장 거울	샤브리리의 화	디디카의 화	희생의 가는 가지

정보

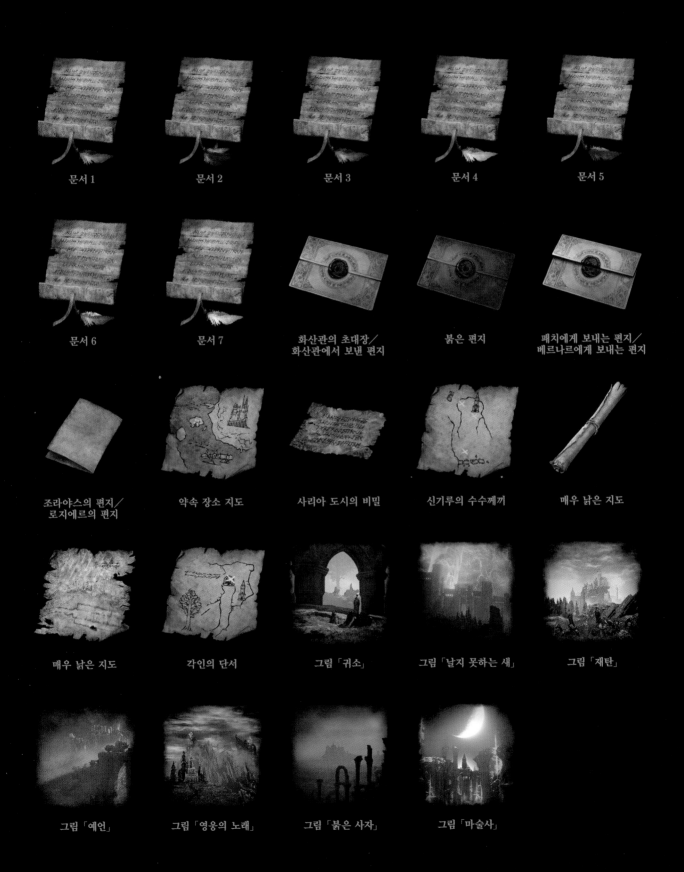

문서 1

문서 2

문서 3

문서 4

문서 5

문서 6

문서 7

화산관의 초대장／
화산관에서 보낸 편지

붉은 편지

패치에게 보내는 편지／
베르나르에게 보내는 편지

조라야스의 편지／
로지에르의 편지

약속 장소 지도

사리아 도시의 비밀

신기루의 수수께끼

매우 낡은 지도

매우 낡은 지도

각인의 단서

그림 「귀소」

그림 「날지 못하는 새」

그림 「재탄」

그림 「예언」

그림 「영웅의 노래」

그림 「붉은 사자」

그림 「마술사」

거대한 룬

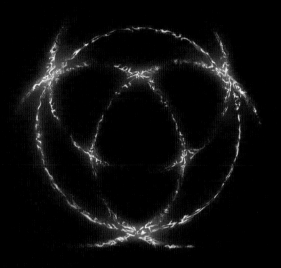

고드릭의 거대한 룬

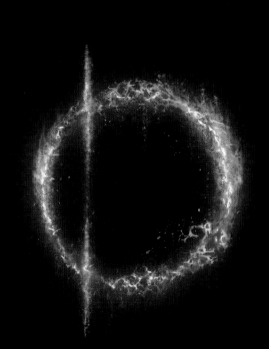

라단의 거대한 룬

모르고트의 거대한 룬

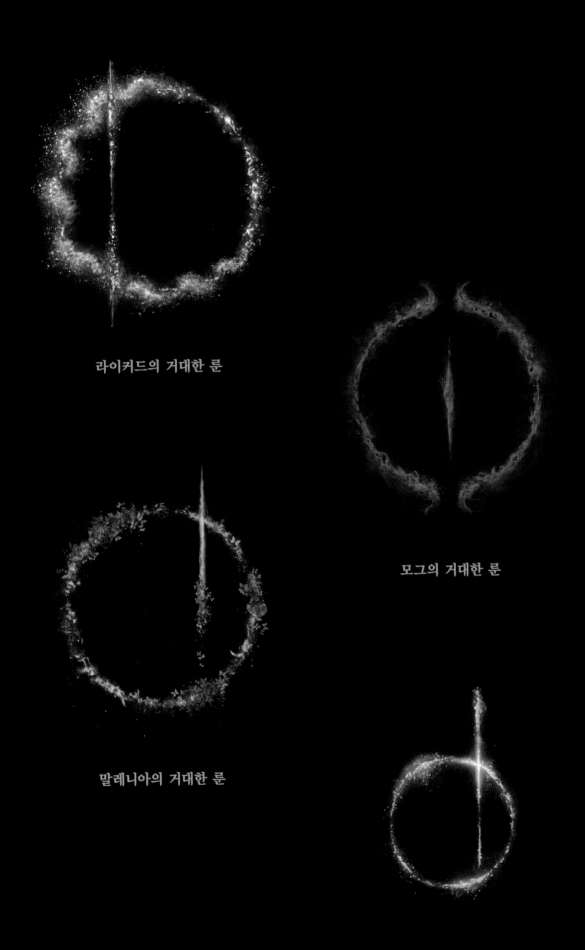

라이커드의 거대한 룬

모그의 거대한 룬

말레니아의 거대한 룬

태어나지 않는 자의 거대한 룬

수복 룬

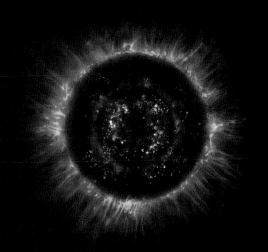

완전률의 수복 룬

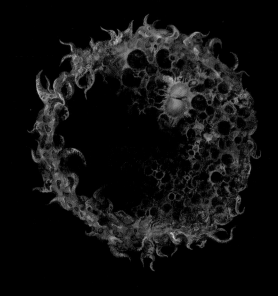

흉악한 저주의 수복 룬

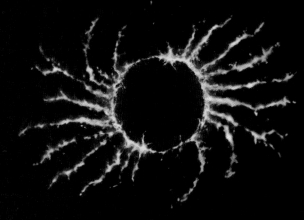

죽음의 왕자의 수복 룬

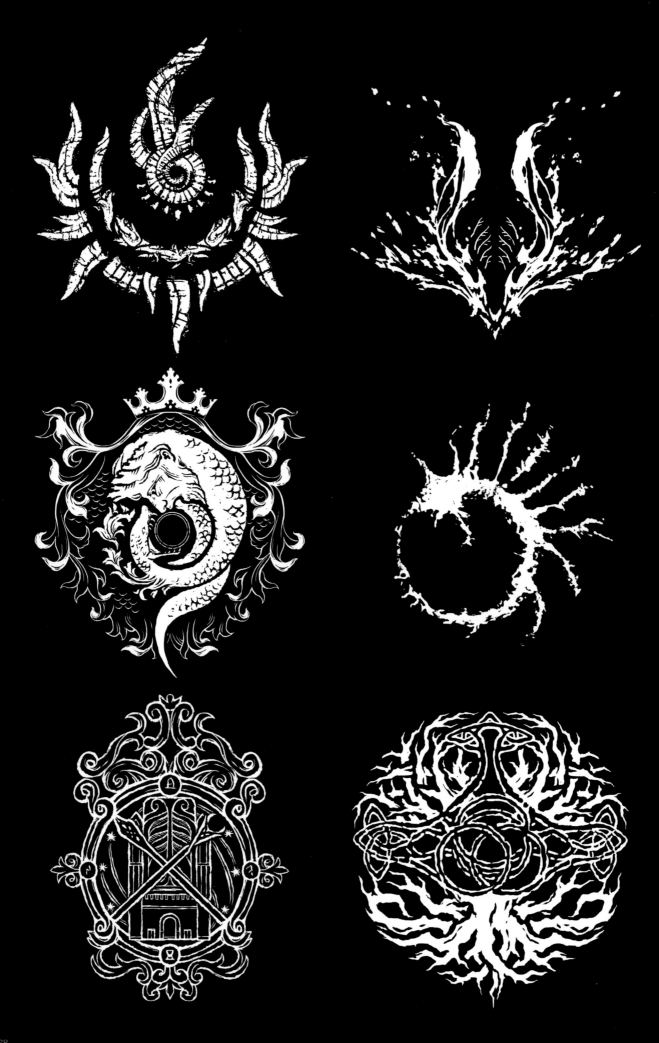

제6장 제15절
트로피

엘든 링

엘데의 왕

별의 세기

미친 불의 왕

파편의 군주 고드릭

파편의 군주 라단

파편의 군주 모르고트

파편의 군주 라이커드

파편의 군주 말레니아

파편의 군주 모그

흑검 말리케스

전사, 호라 루

용왕 플라키두삭스

신을 죽이는 무기

전설의 무기

전설의 뼛가루

전설의 마술／기도

전설의 탈리스만

만월의 여왕 레날라

사룡 포르삭스

신의 살갗의 두 명

불의 거인

녹스텔라의 용인병

선조령의 왕

영웅의 가고일

끔찍한 흉조 멀기트

라다곤의 붉은 늑대

신의 살갗의 귀인

용암토룡 마카르

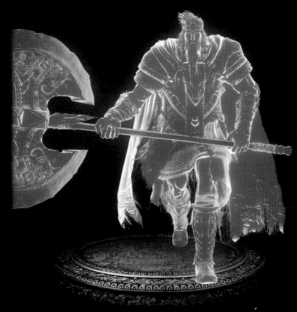

첫 왕 고드프리

흉조의 아이 모그

화신의 물방울

성수의 기사 로레타

암흑의 부산물 아스테르

사자 혼종

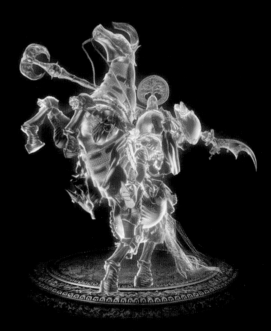

친위기사 로레타

철가시 엘레메르

선조령

노장 니아르

원탁

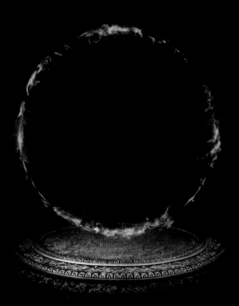

거대한 룬

불타는 황금 나무

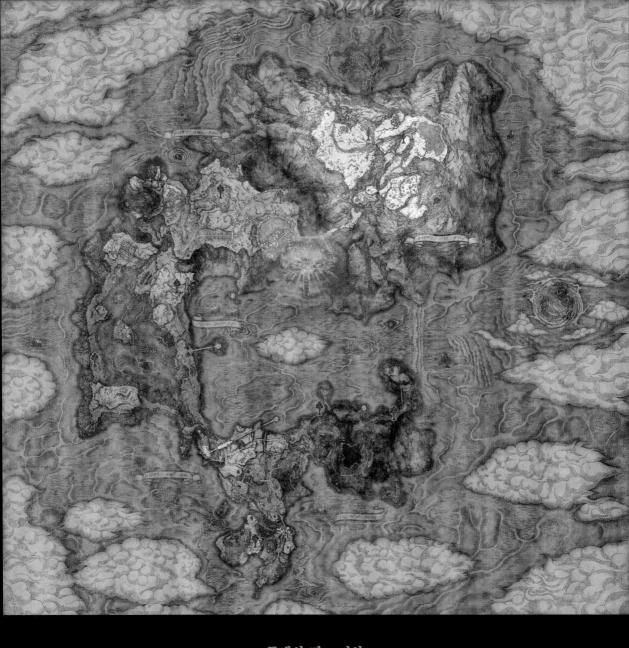

틈새의 땅·지상

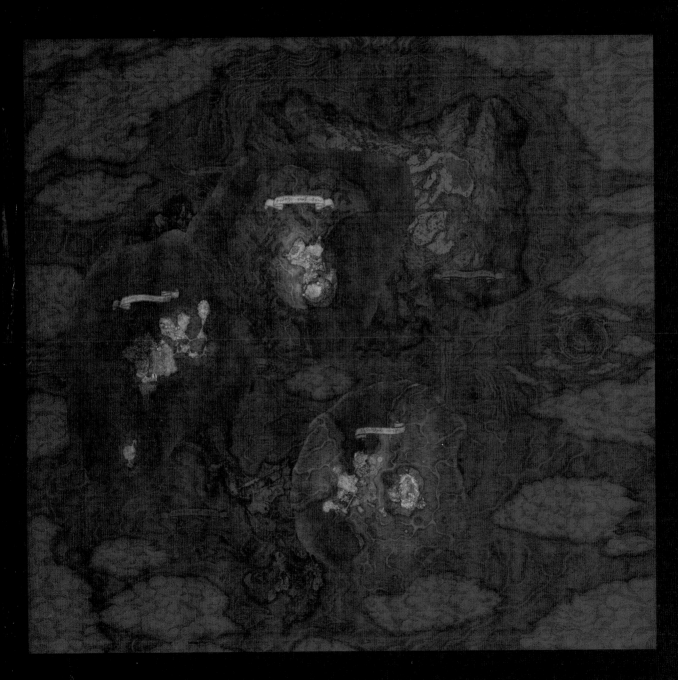

틈새의 땅 · 지하

ELDEN RING OFFICIAL ART BOOK
Volume II

엘든 링 오피셜 아트북 II

2023년 06월 25일 제1판 인쇄
2024년 08월 01일 제2쇄 발행

원작 Bandai Namco Entertainment Inc. / FromSoftware, Inc

발행 영상출판미디어(주)
등록번호 제 2023-000035호
주소 07551 서울특별시 강서구 양천로 570 NH서울타워 19층
대표전화 02-2013-5665

ISBN 979-11-380-3009-0
ISBN 979-11-380-3007-6 (세트)

【일본어판】
편집 전격게임서적편집부
발행자 토요시마 슈스케
편집인 스즈키 노리야스
발행 KADOKAWA Game Linkage Inc.
편집장 타다라 요헤이
편집 아야 코스케
제작 키하라 다이스케
편집보조 후나모토 타카야
본문 디자인 주식회사 YUNEXT
　　　　　　(타케모토 쇼코/사사키 유미코/타무라 히로시)
장정 주식회사 YUNEXT(타무라 히로시)
협력 주식회사 프롬 소프트웨어

구매 시 파손된 도서의 교환 및 반품, 기타 불편사항, 문의사항이 있으신 독자님께서는
노블엔진 홈페이지 [http://novelengine.com] 에서 Q&A 게시판을 이용해 주시기 바랍니다.